MANIPULATION

Nous entendons souvent parler des femmes victimes de leurs conjoints, pervers narcissiques. Et même si les hommes sont une minorité, ils peuvent aussi, malheureusement, être victimes d'emprise et de manipulation.

J'ai toujours eu un profond respect pour ces guerrières qui se relèvent et se reconstruisent après leurs expériences atroces.

Mais laissez-moi, à mon tour, vous parler d'un homme victime de celle qu'il aimait. À travers cette histoire, vous ferez la connaissance d'un être qui s'est malheureusement retrouvé dans une situation qu'absolument personne de son entourage n'aurait pu soupçonner.

*Connaissons-nous vraiment
la personne qui partage notre vie ?*

À toutes les personnes qui ont été manipulées, trahies, abandonnées : ce roman est pour vous. Rencontrer un manipulateur n'est pas anodin. Cela marque à vie, pour certains plus que pour d'autres. Vous n'êtes pas seul(e)s, vous n'êtes pas « des moins que rien » comme ils ont pu vous le faire croire. Vous êtes bien plus fort(e)s que vous ne le pensez.

MANIPULATION, *m'a été inspiré par une véritable histoire.*

I

Iris

Le soleil se lève doucement. La couleur de ce ciel déjà bien bleu pour une heure aussi matinale, m'émerveille. Sept heures du matin, me voici enfin libre. J'essaie de rejoindre avec hâte ma voiture sur le parking, mon corps n'en peut plus. Après une nuit à courir dans tous les sens au travail, je suis bien contente de rentrer chez moi. Je mets le contact et baisse le volume de la radio, préférant profiter du silence. A l'inverse, le soir, ma playlist est la bienvenue pour me motiver sur la route de mon activité. Je descends la vitre côté passager pour laisser l'air frais rentrer. D'ici quelques minutes, je serai à l'endroit que je préfère au monde, mon lit.

Je me déshabille, rentre sous la douche et profite de l'eau chaude qui coule sur ma peau. Tout en douceur, je me faufile dans les draps, bien réchauffés par la personne qui les partage avec moi. J'embrasse l'épaule de mon copain et ne perds pas de temps avant de tomber dans les bras de Morphée.

Un bruit épouvantable, que je ne distingue pas tout de suite me sort d'un sommeil encore profond. Je grommelle avant d'arriver à ouvrir un œil. J'ai peur de regarder l'heure, je suis certaine qu'il me reste encore du temps, avant de devoir quitter mon lit.
J'attrape l'oreiller et l'écrase contre mon visage. Cet horrible bruit, n'est rien d'autre qu'une fichue tondeuse. Il a fallu que mon très cher voisin, passe sa tondeuse à ce moment-là de la journée. J'ai en horreur ce genre de réveil, brutal.
Je le sais, je suis beaucoup trop éveillée, pour pouvoir me rendormir, maintenant. J'éloigne l'oreiller et étire tous mes membres en profitant de l'entièreté du lit, dans lequel je suis seule à

présent. Je n'ai pas entendu mon cher et tendre quitter la maison, comme chaque matin. Avant son arrivée dans ma vie, j'avais toujours vécu seule, alors partager mon espace privé tous les jours aurait été trop radical pour moi. Du coup, j'ai trouvé le plan parfait. Lui travaille la journée et moi la nuit. J'ai du temps libre l'après-midi après mes réveils, où je me retrouve seule. Je peux faire ce que je souhaite. Et les soirs où je suis de repos, on profite tous les deux. Un bon compromis.

Je sors ce qu'il faut pour me préparer des œufs brouillés pendant que le café coule dans l'une de mes tasses préférées : un souvenir des dernières vacances en Italie. J'attrape mon téléphone et le connecte au poste radio pour égayer la maison avec une bonne musique. Rien de tel pour commencer une belle journée, à treize heures.

Tout en tenant mon assiette, j'admire la rue ensoleillée, les passants qui pressent le pas, alors que d'autres sortent tranquillement du restaurant qui se trouve juste en face de chez moi. Quand j'ai visité cette maison pour la première fois, ça été un réel coup de cœur. Alors que les meubles de l'ancienne propriétaire pourrissaient, que la poussière trônait absolument dans chaque recoin des pièces j'ai quand même su que c'était ici que je vivrai. Personne ne comprenait réellement ce que je pouvais trouver de charmant à cette maison. Mais après quelques réaménagements par mes parents et moi, tout de suite la magie a opéré. J'ai passé des après-midi à faire le tour des magasins pour trouver ce que j'imaginais, comme meuble ou peinture pour les murs. J'y ai dépensé toutes mes économies mais cela en valait le coup. Aujourd'hui, je ne me suis jamais sentie aussi bien que chez moi.

Ma seconde nuit de travail commence d'ici deux heures. Après avoir fait une séance de sport et terminé ma lecture actuelle, j'attends patiemment que James rentre à la maison pour passer un peu de temps avec lui. Affalée dans le canapé devant une série très peu passionnante, j'entends enfin la porte d'entrée s'ouvrir et le bruit de la clé déposée sur le plan de travail. Je me précipite dans la cuisine pour l'accueillir. Mon grand brun aux yeux foncés me prend dans ses bras avant même de sortir un mot. Son charme naturel m'a tout de suite fait craquer. Et je ne me lasse jamais de l'admirer. Nous ne sommes ensemble que depuis un an mais nous avons déjà vécu tellement d'aventures que j'ai l'impression de l'avoir dans ma vie depuis une décennie. James et moi adorons les mêmes choses mais nous pouvons aussi être en décalage sur pas mal de sujets. Il parait que cela fait partie des concessions à faire, dans un couple. Alors je prends parfois sur moi pour ne pas déclencher une dispute qui pourrait paraitre inutile.

Avec ce beau temps, nous ne pouvons nous empêcher de profiter de l'extérieur. James et moi sautons dans la voiture pour aller nous garer au plus près de notre café habituel. En général, je préfère faire le trajet à pied, mais autant économiser de l'énergie et gagner quelques minutes pour déguster nos boissons en terrasse.

Nous échangeons sur sa journée, sur les personnes âgées, dont j'ai dû m'occuper cette nuit, et tout cela sous le soleil. Après cette jolie petite sortie, je dépose James à la maison et reprend ma route pour aller commencer ma nuit. Je suis à la fois déçue de ne pas passer la soirée avec celui que j'aime, mais heureuse de retrouver mes collègues. La nuit va passer vite et un week-end de repos m'attend par la suite.

Après avoir enfilé la tenue de travail, je retrouve mon équipe en salle de repos. Nous écoutons attentivement les transmissions de nos collègues de jour autour d'un café et de petits gâteaux. Dix-neuf heures sonnent. Le travail peut commencer. En espérant que tout se passe bien. Les nuits se suivent, mais ne se ressemblent pas.

Je me réveille en plein après-midi, tout s'est très bien passé auprès des personnes âgées, hormis l'une d'elles qui a profité de notre pause café, aux alentours de deux heures du matin, pour essayer de s'évader de la structure. Heureusement, une collègue est tombée sur elle à temps et l'a raccompagnée dans sa chambre. Avec les pertes de mémoire de certains de nos résidents, nous nous retrouvons parfois face à des situations que nous ne pouvions pas imaginer. Cela fait un peu plus d'un an que je travaille de nuit en tant qu'aide-soignante, moi qui avais choisi ces études par hasard, il y a maintenant six ans. Je suis aujourd'hui très heureuse de mon choix. J'aime le fait d'être auprès de nos aînés, ils m'apportent beaucoup, même si ce n'est pas tous les jours facile. Enfin, je devrais dire toutes les nuits. En tant qu'aidant, il faut savoir accepter que notre travail n'est pas toujours valorisé comme il devrait l'être. Mais cela fait partie du jeu, malheureusement. Avant de rentrer dans cet établissement j'ai fait quelques petits boulots par ci par là avant de vouloir me poser enfin.

Les yeux encore clos, j'attrape mon téléphone trônant sur la table de nuit. Je sais que James envoie toujours un message pendant mon sommeil, pour que je puisse le lire dès mon réveil. Cette fois-ci, j'en ai plusieurs. En plus de celui de mon copain, il y en a un d'une amie qui me propose de sortir le soir-même. Je lui réponds de suite que cela ne sera pas possible, j'avais déjà promis un restaurant à James. Tout en me frottant les yeux encore brouillés, je lis le dernier message. Un numéro inconnu. Et il me coupe le souffle. Je m'attendais à tout, sauf à lui. On peut dire que c'est un retour bien plus qu'inattendu.

*« Salut petite sœur,
Serais-tu libre pour un café et discuter ? »*

II

Iris

Je relis le message. Encore une fois, des centaines de fois même. *Petite sœur*. Mais comment ose-t-il m'appeler comme ça, après autant d'années de silence ? J'en rirais presque si je n'avais pas encore autant la tête dans le brouillard.

Il y a quatre ans maintenant que je n'ai pas revu une seule fois mon grand frère, plus vieux que moi de neuf années. Quatre ans maintenant, qu'il a coupé les ponts du jour au lendemain, avec toute la famille. Autant de temps à chercher des solutions et surtout des interlocuteurs, pour avoir de ses nouvelles. Mais rien. Comme disparu dans la nature. J'ai essayé de mon côté de passer par Eva, celle qui partage sa vie depuis plusieurs années. Nous étions devenues de grandes amies avec le temps. Mais elle aussi était aux abonnés absents. Je suis tombée dans l'incompréhension la plus totale, j'ai horreur d'être sans réponse. J'ai ensuite la fâcheuse tendance à penser que cela est ma faute, que je dois encore me remettre en question.

C'est un abandon.

Et l'abandon par l'une des personnes les plus chères à nos vies est un crève-cœur. Pour le coup j'en ai eu l'expérience : une plaie intérieure sans guérison possible. C'est ce que je ressens depuis tout ce temps. Et le pire c'est dès que j'entends le prénom de mon frère quelque part. Matisse. Un mélange de colère et de tristesse m'envahit à chaque fois. Les années écoulées ne change rien à la douleur.

Eva se confiait à moi de temps à autre. Au début, elle me racontait à quel point elle était heureuse d'avoir rencontré Matisse. Qu'il l'aidait beaucoup dans la vie de tous les jours, surtout dans l'éducation de sa fille, Lola. J'ai tout de suite eu un coup de cœur pour cette petite fille. Dès la première rencontre, je m'en souviens encore, c'était à un repas du dimanche organisé par mes parents pour faire leur connaissance. Une bouille de trois ans avec de jolies boucles, timide et souriante, qui a vite trouvé une place dans sa nouvelle famille. Eva, elle, a quatre ans de plus que moi. Maman très jeune, elle s'est séparée du père rapidement après la naissance de leur fille. Très brève sur la cause de la rupture, nous avons juste appris qu'ils n'étaient pas faits pour être ensemble et qu'il prenait ses responsabilités envers Lola uniquement quand cela lui chantait. Je comprenais mieux pourquoi Eva aimait tant voir Matisse s'occuper de sa fille, son rôle de beau-père compensait l'absence du véritable géniteur. Au fur et à mesure, les paroles de ma belle-sœur envers mon frère changèrent, devenant de plus en plus négatives. Au début, je pensais qu'il s'agissait juste d'une petite crise de couple. Et puis, il est vrai que Matisse devenait froid et intransigeant sur de plus en plus de choses. Son regard surtout, était devenu plus sombre. Peu à peu la personne avec qui j'avais grandie disparaissait. Cela concordait avec les dires d'Eva, mais me rendait triste peu à peu. J'avais de moins en moins de nouvelles, ne partageais plus autant de soirées avec lui. Alors qu'en grandissant nos rapports étaient bien meilleurs, nos neuf années d'écart ne se ressentaient plus. Et dire que quand je suis née, il ne voulait pas de moi. Rien de pire qu'une petite sœur pour lui, c'en était fini de sa tranquillité.

Je trouvais que le couple que formait Eva et Matisse était magnifique. Un grand homme brun avec un petit bout de femme blonde. Les opposés physiquement mais pas mentalement. Chacun de leur côté me racontait les points en commun qu'ils avaient, comme la nature, les concerts, les voyages… Mais tout cela avait changé. Il est vrai qu'Eva était devenue moins souriante les mois qui précédèrent la coupure.

Une scène me revint en tête.

« Je n'en peux plus, il n'arrête pas de s'énerver pour un rien. »

Voici ce qu'elle m'avait sorti une fois alors que je venais lui rendre une petite visite. Je me trouvais en vacances, je savais que c'était le jour de repos d'Eva, et elle était prévenue par message de mon arrivée. En rentrant dans leur jardin, je suis tout de suite tombée sur elle, entourée de cartons vides.

- Qu'est-ce qu'il se passe ? Demandais-je, perdue

- Quoi que je fasse, ce n'est jamais assez.

Les yeux rougis, elle n'arrêtait pas de faire des aller-retours entre l'intérieur de la maison et le jardin, tout en remplissant ses cartons d'affaires en tout genre.

Je n'ai jamais su réellement ce qu'il s'était passé entre eux. Mais quelques jours après, j'apprenais que tout s'était arrangé, comme s'il ne s'était jamais rien passé. Je commençais vraiment à me poser des questions sur mon frère. Devenait-il un de ces misogynes ? Devenait-il toxique ? Cela m'inquiétait, les conversations avec Matisse devenaient de plus en plus rares, il s'éloignait de notre famille, de ses amis…

Alors, quel est l'intérêt de revenir aujourd'hui ?

- Est-ce que je devrais accepter ? Demandais-je, le téléphone à l'oreille.
- Tu n'as rien à perdre à y aller ?

Après avoir reçu le message de Matisse, j'ai tout de suite appelé mon petit ami. J'avais besoin d'en parler avec quelqu'un, et qui de mieux que celui qui partage ma vie ? Il ne sait pas grand-chose sur mon frère, après tout il ne l'a jamais rencontré puisque cela ne fait qu'une année que nous sommes ensemble, pourtant je suis persuadée qu'ils se seraient appréciés. Je n'ai jamais vraiment su comment aborder le sujet de l'absence de Matisse dans ma vie. Et James ne m'a jamais posé de question, alors c'était plus simple de faire comme si cela était normal.

Tout en ouvrant un tiroir de la commode, je réalise qu'il n'a pas complètement tort. Qu'est-ce que cela me coûte d'y aller ?

Deux heures de ma vie ? Et puis, moi qui ai longtemps attendu des explications, je pourrais peut-être enfin les avoir. Je pourrais sûrement enfin être fixée. En tout cas je l'espérais.

- Je vais y aller, dis-je, juste avant de raccrocher.

Les yeux fixés sur le téléphone, j'accède au message de Matisse et lui donne rendez-vous pour seize heures, à un café bien connu de la ville.

Je sors des vêtements, les uns après les autres, ne trouvant pas comment me vêtir. Je souffle un grand coup, tourne la tête vers le miroir qui occupe une partie d'un mur de la chambre. Je découvre que ma tresse, faite la veille, ne ressemble plus à rien avec toutes ces mèches qui partent dans tous les sens. Je suis attirée par l'écran qui s'allume, par terre à mes genoux. Inconsciemment, je m'attendais à un nouveau message de la part de Matisse.

« Tu aurais pu éviter de me raccrocher au nez. »

Il ne s'agit que de mon copain. Je réponds d'un simple *« sorry »* à son message, je jette sur le lit tout ce que j'ai entre les mains, me relève et décide d'aller jusqu'à la cuisine pour me faire un bon café. J'ai besoin d'aide pour émerger.

Quelques gorgées plus tard, je me félicite enfin d'avoir trouvé une tenue. Entre-temps, mon téléphone a de nouveau vibré pour m'annoncer un nouveau message : Matisse sera là. Mon cœur s'est de suite emballé, alors cela est réel. Je vais le revoir, après autant de temps.

Il me reste donc encore deux bonnes heures avant de me rendre à ce fameux rendez-vous. Je suis tellement nerveuse que je m'amuse à faire les cent pas dans mon séjour. Je continue de me creuser la tête pour savoir ce que Matisse compte bien me dire. Et si cela était une blague ? Et si il ne venait pas ? Peut-être a-t-il juste envie de rire en me sachant attendre seule pendant des heures...

- Mais n'importe quoi Iris ! Me lançais-je à voix haute.

Quel serait l'intérêt finalement ? Absolument aucun. Le manque de sommeil me fait complètement délirer. Je sors de mes songes qui n'ont ni queue ni tête et saute dans ma douche pour me rafraîchir. Enveloppée d'une serviette, je fais le nécessaire pour avoir une meilleure mine et surtout une coiffure plus convenable. Ma tresse est maintenant devenue une queue de cheval et mon visage, naturellement maquillé, me convient bien plus que celui que j'avais à mon réveil.

Après une dernière mesure de contrôle dans le miroir, avant de pouvoir sortir de la maison, j'attrape mon flacon de parfum, qui traine sur la table du salon sans savoir pourquoi. Quelques pulvérisations et me voilà totalement prête. J'ai comme une impression de partir pour un entretien d'embauche. Je termine d'une traite le reste de ma boisson chaude, qui ne l'est plus vraiment, enfile mes baskets et agrippe mon sac à main avant de partir. Quitte à marcher, autant le faire dans les rues pour me diriger vers le point de rencontre, cela sera toujours plus intéressant que de tourner en rond chez moi.

Le soleil chauffe déjà sur ma peau, avant même que je fasse quelques pas dans le jardin. Mes rosiers, chacun d'une couleur différente, sont un régal pour mes pupilles. Je ne me lasse pas de les admirer, depuis que l'été est apparu. Je sors mes écouteurs ainsi que mes lunettes de soleil pour pouvoir me sentir dans ma bulle le temps du trajet. Musique dans les oreilles et les yeux protégés, je suis fin prête pour affronter la folie de la ville. J'ai toujours eu horreur de la foule, des bruits comme ceux que peuvent faire les klaxons ou les motos. Alors, je me suis habituée très jeune à ne jamais oublier mes écouteurs. Des dizaines de playlists ont été créées pour que je ne me lasse jamais d'écouter la musique.

Après tout, il va peut-être s'excuser pour toutes ces années d'absence ? Malgré la puissance du son, mon cerveau reste en ébullition. Mon imagination est débordante, je ne peux m'empêcher d'inventer des scénario dans ma tête. Téléphone à la main, je décide de mettre en fond sonore mon artiste préféré. Les paroles de ses chansons m'aident habituellement à me vider la tête.

Je me trouve maintenant à l'entrée du parc où j'aime me poser, pour profiter d'une bonne lecture avec un café à emporter. Mais cette fois-ci je me contente simplement de le traverser, en regardant furtivement les enfants jouer. Un petit sourire se dessine même sur mon visage en voyant deux petites filles s'amuser à se courir après.

Mon cœur s'emballe, une fois sortie du parc j'aperçois au loin la terrasse du café. Elle se trouve dans un recoin, sur la grande place de la ville. Habillée de pavés, ainsi que d'une gigantesque fontaine que j'ai toujours trouvée magnifique, elle est la star des touristes de l'été. J'essaie tant bien que mal de me faufiler parmi la foule, pour pouvoir atteindre la seule table de libre. La main sur mon thorax, j'inspire et expire pour calmer, ou en tout cas essayer, de calmer toute mon angoisse. Je n'ai plus qu'à prendre mon mal en patience, mon téléphone indique que j'ai une demi-heure d'avance. Plus de retour en arrière, d'ici quelques minutes je vais revoir mon grand frère.

III

Iris

- Un diabolo grenadine, s'il vous plaît, balançais-je, coupant le serveur dans son élan.

Il se contente d'acquiescer, avant de rentrer à l'intérieur du café. Je me sens tellement stressée, j'étais prête à lui commander un verre de son alcool le plus fort, histoire de m'anesthésier un peu. J'observe les alentours, je détaille chaque homme passant devant la terrasse, imaginant que je pourrais ne pas le reconnaître. *Changeons-nous tant que ça physiquement en quatre ans ?*

En attendant sa venue, je me perds dans mes pensées une nouvelle fois. Le regard rivé sur la table devant moi, je repense à une conversation qui s'est déroulée entre ma mère et moi quelques jours auparavant.

- J'ai eu des nouvelles de ton frère, me lance-t-elle d'un coup.
Alors que nous nous trouvons sur la terrasse d'un restaurant, ma mère ose m'annoncer cela, de but en blanc.
- D'accord, et alors ?
- C'est un de tes cousins qui l'a croisé par hasard, ils ont discuté deux minutes, apparemment il va bien.
- Rien d'autre ?
- Non, je n'en sais pas plus.
- Nous ne sommes pas plus avancées, mais au moins on sait qu'il est toujours en vie.

Que pouvais-je répondre d'autre ? Cela me fendait le cœur et en même temps me rassurait, il allait bien et il était toujours dans les parages. Je me demandais parfois comment était-il possible que l'on ne se croise pas. Nous ne sommes pourtant pas dans une grande ville. Ce n'était sûrement pas le bon moment. Je n'ai jamais vraiment cru au hasard, si une rencontre ou un événement arrive à un moment précis de sa vie, alors c'est que cela devait arriver. Si je dois revoir Matisse aujourd'hui, c'est que cela doit être le moment approprié.

Et d'ici quelques minutes je vais le voir en chair et en os. C'est tellement étrange comme situation, moi qui pensais ne jamais le revoir de ma vie. Moi qui m'étais mise en tête que je devais vivre comme si j'étais enfant unique.
Une main passant devant mon visage me fit sursauter et me ramena à la réalité.
- Votre diabolo, Mademoiselle.
J'avais complètement oublié ma commande avec tout ça.
- Merci, dis-je avec un petit rictus.
Je regarde une nouvelle fois l'écran de mon téléphone et panique en voyant que l'heure du rendez-vous était affichée. Les battements de mon

cœur qui s'étaient atténués reprennent soudain un rythme effréné.

Pile à l'heure, je le vois arriver. Matisse se trouve à l'autre bout de la grande place. Et il n'avait pas changé d'un poil. Il était resté le même. Je me souviens encore de ses yeux bleus et de ses taches de rousseur, les mêmes que moi, ce sont certainement les seules choses que nous avons en commun. Il a toujours été un bel homme, distingué, portant une attention particulière à sa tenue et à son éternelle coupe de cheveux, dont il ne se lassait jamais. Son visage s'illumine au moment où je lui fais un signe pour qu'il puisse me retrouver.

- Comment tu vas ?

- Bien, répondis-je simplement.

Le stress ne s'évacue pas, bien au contraire, je cache mes mains tremblantes sous la table et fuis le regard de Matisse.

- Tu as déjà commandé ?

- Oui, comme je suis venue à pied, j'avais besoin de me rafraîchir.

Il me sourit, avant d'interpeller le serveur et de lui demander la même boisson que la mienne.

Je le vois, lui aussi mal à l'aise. Il frotte ses mains contre son jean et se mordille les lèvres, je sais que c'est sa façon d'agir quand quelque chose le préoccupe.

- Je voulais avant tout te remercier d'avoir accepté de me voir et aussi, et surtout, m'excuser pour tout.

Mon regard quitte ses yeux inondés sur-le-champ. Je sais à quel point je suis sensible, le voir comme ça même avec la colère que je ressens peut me faire craquer en un instant. Je déteste voir les personnes souffrir, encore plus quand elles comptent dans ma vie. Il a beau avoir été silencieux pendant trop de temps, je ne désire pas pour autant sa tristesse.

- Je sais que j'ai beaucoup de torts envers toi et les parents, ça n'excusera sans doute pas tout, mais je voulais que tu saches ce qu'il se passe réellement dans ma vie.

Je prends une gorgée de ma boisson fraîche pour m'hydrater, avec cette chaleur étouffante. Le chaos autour de moi s'estompe, je ne suis plus concentrée que sur les paroles de Matisse.

- Ce que tu dois déjà savoir, c'est que je ne suis plus avec Eva depuis deux semaines maintenant.

Je me contente de rester silencieuse. Je préfère ne pas le couper le voyant lancé.

Et je n'étais vraiment pas prête à entendre tout ce que Matisse allait me balancer.

- Au fur et à mesure des jours qui passaient, j'ai découvert des vérités qui m'ont pas mal bousculé.

Un silence s'installe d'un coup. Matisse a les yeux dans le vide, je vois bien qu'il cherche les bons mots pour pouvoir m'expliquer la suite.

- Je ne saurais pas te dire pourquoi, c'est sûrement l'instinct, mais je le ressentais tout de suite quand elle me mentait, même par messages.

J'écoute attentivement ses dires et j'ai tout simplement envie de pleurer avec lui, son chagrin m'a contaminé. Eva s'est cruellement moquée de lui. Sans savoir depuis combien de temps, mais pour lui cela avait commencé, bien avant que nos contacts soient rompus.

Il me détaille des anecdotes, comme certains dimanches où elle rentrait à pas d'heures avec la gueule de bois. Parfois même, elle s'endormait sur le canapé tout un après-midi, pendant que Matisse et Lola attendaient qu'elle se lève pour faire une sortie en famille. Sans parler de ses gouttes de sueurs nocturnes qui envahissaient son visage ou encore de ses spasmes musculaires. Elle n'avait rien de tout cela au début de leur relation. Elle prenait soin d'elle, mangeait correctement, s'essayait parfois au sport, sans que cela ne soit concluant. Mais c'était toujours mieux, que de la voir, dans cet état-là. D'après Matisse, elle avait pris environ dix kilos en très peu de temps. Et elle avait beau s'en plaindre, ce n'est pas pour autant qu'elle agissait pour perdre du poids.

Après quelques recherches sur internet Matisse pense qu'Eva se droguait. Et pleins d'événements par la suite n'ont fait que confirmer ses doutes.

- Parce qu'elle se drogue ? Réagissais-je.

Je n'en revenais pas, Eva et sa gueule d'ange qui se massacrait la vie dans la drogue.

Plus ce rendez-vous avançait, plus j'en apprenais et plus je me sentais dans un monde parallèle. Comment une jeune femme, que je pensais jusqu'ici courageuse, pouvait être aussi irresponsable et être tombée aussi bas.

Matisse me confie l'avoir déjà vu tester, avec leurs amis en commun, des ecstasy. Alors, avec ses changements de comportements arrivés peu de temps après, il mettrait sa main à couper qu'elle serait véritablement tombée dedans.

- La fois où je l'ai vue en prendre, je n'avais pas conscience que cela pourrait avoir autant d'impact par la suite, j'ai été naïf de l'avoir laissée faire…
- Tu n'as pas à t'en vouloir, elle est majeure ce sont ces choix.

Un petit rictus apparait sur son visage à l'entente de ma réponse. Il avait sûrement besoin de cela pour moins culpabiliser.

Par la suite, il m'annonce avoir arrêté l'alcool. Il s'est vu dépérir au fil du temps, surtout avec toutes les bouteilles qu'ils se sont enfilées tous les deux. Il a bien ressenti les effets que cela pouvait avoir sur sa santé. Je suis rassurée de savoir qu'il a su se remettre dans le droit chemin.

- C'est étrange de dire cela, mais c'est quand nous étions tous les deux alcoolisés, que nous étions plus heureux.

Eva ne pouvait pas s'empêcher d'ouvrir une bouteille le soir en rentrant du travail. Et Matisse la suivait, mais sa quantité d'alcool n'était rien par rapport à la sienne.

- Il arrivait parfois que je dîne seul avec Lola.

Eva, elle, ne connaissait pas ses limites, terminait ses soirées dans les toilettes ou à s'endormir sur le canapé, ivre.

Matisse frotte son visage fatigué, il essaie tant bien que mal de cacher les larmes qui coulent sur ses joues.

Je ne peux m'empêcher de penser à Lola, au milieu de tout ça. Matisse n'a aucune façon de savoir comment elle va, ce qui lui fend le cœur aussi. Il la considère comme sa propre fille, lui qui l'a élevée pendant six ans. Cela veut surtout dire que Lola n'a plus aucun adulte exemplaire pour grandir correctement. Je me demande maintenant ce qu'elle va devenir, j'ai peur qu'elle termine comme sa propre mère.

Quand je repense à tout ce qu'Eva osait me dire sur son propre copain, je réalise avoir été manipulée moi aussi.

- C'est fou, tout ce temps je pensais que c'était toi…

Je n'arrivais pas à trouver la fin de ma phrase. Je ne savais pas comment décrire l'image que j'avais de Matisse, sans que cela puisse le blesser.

- Comment ça ?
- Je veux dire, le connard.

Cela me faisait mal au cœur de lui dire, mais surtout il ne voyait pas où je voulais en venir. Comme s'il ne s'était pas rendu compte de son comportement, les dernières fois que nous nous sommes vus.

- C'est Eva, elle me confiait parfois, comment dire, tes colères, tes comportements.

Ses yeux s'écarquillent, il ne s'attendait pas à ces propos. J'essaie de me remémorer des moments avec Eva, les fois où nous sommes allées déjeuner ensemble, je sais que ce sont surtout les fois où nous nous sommes retrouvées seules qu'elle se confiait le plus.

- Une fois par exemple, nous avons passé un après-midi à faire du shopping ensemble et elle m'avait confié qu'elle était fatiguée de tout faire à la maison, en plus de Lola, que tu t'énervais de plus en plus…
- Pardon ?

Ses yeux sont prêts à sortir de leurs orbites, il est plus qu'étonné par ce qu'il vient d'entendre.

- Je n'ai plus la conversation détaillée en tête, mais c'était de cet ordre-là. Et c'est vrai, que ton comportement changeait aussi envers nous, tu devenais odieux, tu avais toujours un reproche à faire…
- J'hallucine, répond-t-il en se frottant le visage.

Avec tout ce qu'il vient de m'annoncer, je me sens complètement perdue, tout se mélange dans ma tête.

- Mais si je suis devenu imbuvable, c'est sa faute, elle me rendait déjà dingue à ce moment-là, mais je ne sais pas pourquoi, je restais malgré tout. Comment dire aux personnes qui m'entourent que ma compagne, que tout le monde apprécie, me rend par moment complètement fou ?

Je fis un signe de la main au serveur qui se trouvait dans mon champ de vision. Nous avons encore pas mal de chose à nous raconter apparemment, alors un second verre n'était donc pas de refus.

- La même chose, s'il vous plaît.
- Vous aussi monsieur ? Demande le serveur en se rapprochant de nous.

Matisse, le regard dans le vide, n'a pas entendu, je réponds donc positivement à sa place.

- Et vous n'êtes plus ensemble depuis combien de temps ? Repris-je.

J'ai besoin de connaître toutes les informations, enfin celles que Matisse connait en tout cas. Pour pouvoir remettre de l'ordre entre les vérités et les mensonges.

Il prend quelques secondes avant de revenir à la réalité et prendre en compte ma question.

- Je l'ai quitté il y a deux semaines maintenant.
- Et qu'est ce qui a fait que tu as pris cette décision ?
- J'ai le pressentiment qu'elle a quelqu'un d'autre dans sa vie et depuis quelques temps…

Il en est persuadé. Il me raconte toutes ces fois où il a compris qu'elle mentait. Il en était devenu paranoïaque. Parfois il roulait pendant des heures, se rendant à chaque fois devant les maisons de leurs amis en commun pour savoir où elle se trouvait. Elle n'était jamais à l'endroit qu'elle lui indiquait avant de partir en soirée.

Matisse avait découvert par hasard, en mettant de l'ordre dans leurs papiers, qu'Eva payait encore le loyer de son ancien appartement. Comment cela pouvait être possible alors qu'ils avaient acheté une maison ensemble ? Comment pouvait-elle débourser de l'argent dans son loyer en plus d'un prêt immobilier ?

Alors un matin, alors qu'il n'avait plus de nouvelle d'Eva, encore une fois, Matisse attendit en bas de son immeuble. Caché dans sa voiture, il la découvrit sortir sur le parking, accompagnée de tous leurs amis en commun. Elle lui avait pourtant promis de ne plus les voir. Après plusieurs disputes au sein du groupe, causées par l'alcool et la drogue, Matisse avait décidé de couper les ponts. Eva avait promis de s'en éloigner aussi, elle lui disait qu'elle était consciente qu'ils étaient néfastes pour elle. C'était un mensonge de plus.

- Elle me déstabilisait.

Je n'ose imaginer dans quel état il pouvait être par moment. Ces heures interminables, à attendre de ses nouvelles par téléphone. Ces soirées, là aussi, à attendre son arrivée pour le repas, finissant tout seul ce qu'il avait préparé. Je suis triste pour lui, j'aurais tellement voulu être là pour lui venir en aide. Comment peut-on manquer autant de respect envers une personne qui nous aime et qui ne souhaite qu'une seule chose, nous rendre heureux ?

Nous avons eu du mal à nous quitter, et puis Matisse avait vraiment besoin de tout dévoiler. J'ai appris qu'en plus de cette histoire il y avait autre chose qui le tracassait.

IV

Matisse

Je suis tout retourné par mon rendez-vous avec Iris. Les larmes ne cessent de couler. Je ressens à la fois de la honte, mais avant tout du dégoût. Assis dans ma voiture, je viens à l'instant de quitter ma sœur, trois heures se sont écoulées et je n'ai pas vu le temps passer, malgré toutes ces révélations. J'ai laissé Iris s'en aller. Elle avait rendez-vous avec son petit ami et était déjà en retard. Elle m'a promis qu'on se reverrait très vite, juste le temps pour elle, comme pour moi, de digérer chacun de notre côté.

Je n'ai pas cessé de déballer tout ce que j'avais sur le cœur, même au-delà de ma relation toxique.

Au mot près je lui ai raconté, que depuis des années, je me sens différent des gens qui m'entourent, je ne suis pas à ma place, pas à l'aise dans cette société, en décalage.

Je ne me plains jamais, j'aime la vie comme elle est, je suis heureux pour les gens qui réussissent, je ne suis pas jaloux ou envieux, ce qui étonne souvent mon entourage. Ils pensent que je joue un rôle, que je mens, étant donné que je ne pense pas comme eux, que je ne suis pas comme eux, ils ne peuvent pas me comprendre, cela va à l'encontre de ce qu'ils sont, de leur valeurs, donc ils me dénigrent, me rejettent.

Je n'aime pas les tendances, je ne m'intéresse pas aux séries (Games of Thrones, Casa de Papel...), ni au dernier Iphone, ou à l'artiste qui passe en boucle à la radio, encore moins à la télé-réalité.

Je ne suis pas sur les réseaux sociaux, je trouve ça abrutissant, je me cultive beaucoup, j'aime apprendre de nouvelles choses, je m'intéresse à la géopolitique, à la technologie, à la recherche, à la nature, à la santé mentale, à tout ce que je ne connais pas. Et dès que j'essaie d'échanger avec mes amis sur tout ça, je ne suis pas écouté, pas compris. ils me disent que je suis bizarre. Avec le recul, j'ai appris à faire avec, mais au fond de moi, j'ai commencé à les juger, à me dire que c'étaient des gens simples, pauvres intellectuellement. Mais je passais au-dessus, ce sont mes amis, chacun est comme il est.

Ils aimaient me consulter quand ils se posaient des questions profondes, je me sentais utile et compris, respecté pour qui j'étais, mais malgré ce que je leur disais ou conseillais, ils ne mettaient rien en place et continuaient de se plaindre, malgré l'aide que je leur apportais. Quand j'apportais une information ou une connaissance, ils ne voulaient pas me croire, ils sortaient leur téléphone, « Recherche Google », et découvraient que je disais vrai, mais pas une seule excuse de ne pas m'avoir cru. Ou inversement, quand je leur expliquais que ce qu'ils disaient était faux, que je savais qu'ils avaient vu circuler l'information sur un réseau sans même vérifier la véracité de l'info, je ne pouvais m'empêcher de leur dire la vérité. Pas pour démontrer que je savais mieux qu'eux, mais pour leurs savoirs personnels, pour leurs propres développements, mais ce que je savais pas, c'est que que cela créait chez eux de la jalousie, voire même de la haine. L'humain peut être jaloux du savoir des autres. C'est ce que j'ai appris tardivement. Finalement, cela m'épuisait émotionnellement, mais je ne m'en rendais pas compte, je ne comprenais pas qu'ils puisaient mon énergie, ma joie de vivre.

J'ai une capacité à détecter les mensonges, que ce soit dans les mots ou dans les gestes, mon cerveau analyse tellement de choses alors que je ne lui ai rien demandé...

J'ai une grande mémoire, souvent remplie de petits détails, les données sont plutôt bien rangées, comme dans une grande bibliothèque avec cette fameuse échelle pour accéder aux différents livres. J'ai souvent cherché à comprendre lorsqu'on me disait « mais comment tu fais pour te souvenir de tout ça ? » Moi je me disais mais comment tu fais pour ne pas t'en souvenir ? Je pense que les gens n'entretiennent pas leur mémoire en se comportant comme des moutons dans cette société.

J'ai très tôt eu de l'intuition, depuis mes quatorze ans environ, mais j'ai toujours douté alors que

90% du temps mon intuition disait vrai. Comme un sixième sens. C'est très perturbant.

Je comprends vite les choses, les situations, comme si je n'avais que quelques pièces du puzzle et que je savais déjà à quoi allait ressembler l'image finale.

J'ai toujours cru que les gens étaient tous comme moi, pensaient comme moi et je ne comprenais pas leur incompréhension face à des situations qui, selon moi, paraissaient simples.

Et je ne pensais pas que de me dévoiler ainsi, avec en plus une véritable écoute face à moi, me ferait me sentir aussi léger. J'ai essayé de parler de toutes ces choses qui me hantaient avec Eva, mais elle me prenait toujours pour un fou.

Je ressentais pourtant par moment la méchanceté d'Eva pendant notre relation, je voyais bien son regard qui changeait en fonction de ses humeurs. Je ressentais son côté sombre mais je ne saurais expliquer pourquoi, je restais quand même près d'elle. Comme si les bons moments passés ensemble effaçaient automatiquement de ma mémoire les mauvais.

Après avoir parlé avec Iris, je me dis que je peux enchaîner avec les parents. Ma sœur était ma première étape. Ma mère m'a encore envoyé un message il y a une semaine, je n'ai pas réussi à lui répondre, comme aux centaines d'autres reçus auparavant. Je préfère ne pas la prévenir de ma venue, au cas où je changerais d'avis sur le trajet. Je n'ai pas envie de la décevoir. Musique en fond sonore dans la voiture, le CD d'un rappeur que j'écoute depuis plusieurs années. J'ouvre les vitres au maximum pour atténuer la chaleur qui s'était installée à l'intérieur en mon absence.

Je ne suis plus qu'à quelques mètres de la maison de famille. Je suis passé devant tellement de fois, mais je n'avais jamais réussi à m'y arrêter. À cause de la colère que je ressentais envers mes parents et Iris, qui finalement était un mirage, totalement conçu par les mensonges d'Eva.

Mais aujourd'hui je suis trop bien lancé pour m'arrêter. Dans ma tête je me répète que si Iris a accepté de me voir alors mes propres parents ne me rejetteront pas. Je l'espère dans tous les cas.

Après m'être garé devant la maison, éteint le contact, je prends une grande inspiration avant de sortir de mon véhicule.

Rien n'avait changé depuis mon dernier passage, l'extérieur est toujours aussi bien entretenu. J'admire les parterres de fleurs, de toutes les couleurs possible. Avec la magnifique météo d'aujourd'hui, cela rend le lieu paisible.

Alors que je relève la tête des plantes, j'aperçois ma mère juste en face de moi. Elle se trouve au pas de la porte d'entrée, un livre entre les mains. Elle ne bouge pas, je la sais étonnée de me voir là. Ma mère n'avait pas changé, peut-être quelques cheveux blancs en plus, mais son visage n'avait pas pris une ride.
- Bonjour, lançais-je, timidement.

J'appréhende sa réaction, après tout, comment peut-elle être heureuse de me voir après autant de temps ? Moi qui ai filtré ses appels, ses messages…

- Je ne m'attendais pas à te voir, dit-elle, émue.

J'éclate en sanglot et presse le pas pour me blottir dans ses bras. Elle me serre contre elle, en passant ses bras autour de ma taille.

- Je suis tellement désolé.

Cette phrase est sortie du plus profond de mon âme. Je me sens tellement honteux d'avoir été absent aussi longtemps. Quand je vois à quel point le silence radio d'Eva peut m'atteindre alors que cela ne fait seulement que deux semaines, je n'ose imaginer l'atrocité que cela a dû être pendant des années pour ma famille. Pourquoi je ne le réalise que maintenant ? Depuis deux semaines, cette question est en boucle dans ma tête.

- Rentre, je t'en prie, m'annonce-t-elle en ouvrant la porte d'entrée.

Je la suis et balaye du regard le séjour. Rien n'avait changé. Et en même temps, connaissant mes parents, cela ne m'étonne guère. Ils sont terriblement sentimentaux avec leurs meubles et tout ce qui décore la maison. Je me souviens que dès que je leur ramenais un souvenir de voyage, ils cherchaient la meilleure place pour mettre l'objet en valeur. Et je pouvais être sûr qu'il ne bougerait jamais.

- Tu m'accompagnes pour un café ?

J'acquiesce tout en séchant les larmes qui continuent de couler sur mes joues. Décidément, je savais que cette journée serait compliquée mais pas aussi forte en émotion.

Je m'installe à la table haute de la cuisine. Je couvre des yeux ma mère qui s'active à remplir deux tasses de café. Elle se dépêchait, comme si elle avait peur que je ne m'échappe. Une fois assise en face de moi, chacun nos cafés fumant devant nous, elle se contenta d'hocher la tête. Elle laissait le silence planer, dans son regard je compris qu'elle savait. Elle savait que je ne venais pas là par hasard, que je venais pour me confier. Une heure seulement, après avoir détaillé ma situation à Iris, me voici repartit.

- Tu ne dis rien ?

Ma mère n'avait pas sorti un seul son pendant tout mon déballage. Je n'arrivais pas à comprendre si c'était par politesse ou parce qu'elle ne savait pas quoi répondre.

- Quand j'y repense, Eva était venue nous voir quelques mois après que tu nous l'ais présentée. Elle était vraiment affolée, elle nous disait qu'elle avait trouvé des valises au pied de la porte d'entrée avec ses affaires à l'intérieur.

Je m'attendais à tout, sauf à ça. Jamais, je n'aurais pu faire une chose pareille. Bien sûr, il y a eu des disputes où j'ai fui la maison, pour que mes mots ne dépassent pas ma pensée, mais à aucun moment je ne l'aurais mise à la porte. Et surtout Lola vivait avec nous aussi, j'aurais été un monstre de jeter une petite fille à la rue.

Cette histoire date d'il y a au moins cinq ans, comment est-ce possible que je n'en ai jamais entendu parler ?

- Mais si cela était vrai, pourquoi venir vous voir ? A sa place, j'aurais frappé à la porte d'une amie, pas de mes beaux-parents que je connais depuis peu…

- Dit comme ça, oui, c'est étrange. En tout cas, une semaine après vous étiez passés tous les deux à la maison et vous aviez l'air amoureux comme jamais. Alors, avec ton père nous avons balayé ce moment comme si cela n'avait jamais existé.

Au fur et à mesure du temps passé avec ma mère, j'apprends de nouvelles anecdotes. Alors que j'avais déjà coupé les ponts depuis un petit moment, elle avait croisé Eva. Par hasard, au croisement d'une rue, elles sont tombées l'une sur l'autre. Eva avait même proposé de boire un café ensemble et cela me fait doucement rire, quand je sais comment elle osait parler d'elle dans son dos.
- Au début, elle était toute souriante et dès que j'ai prononcé ton prénom, son visage à complètement terni. Ça m'a vraiment perturbée. Je me souviens d'en avoir parlé tout le reste de la journée à ton père.

Eva lui aurait avoué, qu'après plusieurs mois à lui rabâcher qu'elle devrait changer de travail, elle n'aurait pas eu d'autre choix que de lâcher la rampe.

- Ce sont ses propres mots, elle a voulu me donner l'impression que tu l'avais forcée à changer de métier.
- Je ne l'ai en aucun cas forcée. Elle se plaignait tout le temps d'être fatiguée, dis-je en retenant ma colère.

Je lui explique aussi que cela avait des répercussions sur notre couple. Et d'autant plus, sur Lola qui ne la voyait pratiquement plus. Je lui avais simplement conseillé de prendre un travail avec de meilleurs horaires. Responsable dans un magasin de vêtements très connu auprès des adolescentes, c'est un boulot à temps plein. Et quand elle a commencé sa nouvelle vie professionnelle en tant que secrétaire médicale, le changement s'est opéré tout de suite, c'était radical. Eva m'a même remercié plusieurs fois, par la suite. Nous étions redevenus une vraie famille, comme avant. Aucun conflit, l'osmose était revenue entre Eva et moi. Les virées en amoureux, les sorties en famille… Et Lola avait retrouvé sa maman, elles passaient plus de temps toutes les deux, je sais que cela lui avait beaucoup manqué. Puis, tout a de nouveau changé. Les bons moments étaient forts mais trop succincts.

- Elle s'est mise à sortir, sans moi, mais avec mes propres amis. Tu te rends comptes ? Elle me mentait, me disait qu'elle sortait juste au restaurant avec une copine, que ce n'était que des petites sorties. Pourtant elle ne rentrait jamais avant cinq, six heures du matin.

J'ai encore bien du mal à réaliser. Rien que de le dire à voix haute à ma mère, ça me fend encore le cœur.

- Je ne la voyait plus les week-ends...

Ma mère fronce tout de suite les sourcils et secoue la tête.

- Pourtant, elle m'a bien dit que c'était toi qui étais toujours absent les week-ends...
- Un mensonge de plus, c'est dingue.

Après plus de trois heures en compagnie de ma mère, je décide de la quitter pour digérer ces nouvelles informations, seul chez moi. J'ai refusé à plusieurs reprises de rester dîner avec eux. Rien ne nous empêchera maintenant de nous revoir. Je ressens vraiment le besoin de me retrouver seul.

Je retourne dans la voiture, ma mère est toujours au pas de la porte, attendant que je m'éloigne. Seulement quelques secondes après, je m'autorise enfin à lâcher toutes les larmes qui souhaitaient sortir depuis un bon moment. Alors Eva n'avait pas seulement manipulé Iris, mes parents aussi, étaient ses victimes. Elle a vraiment fait en sorte de me faire passer pour un monstre aux yeux de ma famille. Et il est vrai que nous ne sommes pas les meilleurs pour communiquer, nous étions une cible facile pour elle. La pilule a encore bien du mal à passer. A chaque fois que je pense aller mieux, m'en sortir, une mauvaise nouvelle atterrit telle une bombe dans ma vie. J'ai l'impression que la vie ne veut pas que je m'en sorte, que je n'ai pas à guérir de cette rupture. Pourtant, je vais bien devoir me battre pour. Il est hors de question que je reste malheureux et que je gâche, la vie que j'ai tant rêvée, pour une personne inhumaine. Je sais que le temps sera long, que le chemin sera épineux, mais j'y arriverai.

V

Iris

Je rentre dans ma cuisine, je rêve d'un café bien chaud, il n'y a que ça pour m'aider à bien me réveiller. Des rires se font entendre depuis mon jardin, je reconnais tout de suite celui de James. Je suis certaine qu'il se trouve en compagnie d'un de ses amis. Maintenant que la chaleur de l'été est parmi nous, tout est prétexte à inviter du monde à la maison.

Alors que je m'avance vers eux avec ma tasse bien chaude, je vois les deux bières qui trônent sur le salon de jardin. J'oublie souvent que je vis en décalé par rapport aux autres personnes. Quelle idée aussi, de travailler la nuit. J'embrasse

James, qui me demande en même temps si ma nuit s'est bien passée. Tout en lui répondant, je m'approche de son meilleur ami pour le saluer à son tour.

Je me joins à eux, en m'installant sur le dernier fauteuil vide et relève le visage pour profiter de la chaleur du soleil.

En écoutant l'histoire que nous raconte l'ami de James, j'apprends qu'une personne de leur entourage est dans une nouvelle relation depuis quelques mois. Apparemment, avec une femme plus âgée que lui. Jusqu'ici rien d'anormal. Mais il rajoute qu'ils sont tous les deux dans la cocaïne, à faire la fête tous les week-end.

- Et cela ne vous choque pas ? Demandais-je.

- Que veux-tu qu'on y fasse ? C'est leur choix.

- Votre ami consomme de la drogue quand même.

Parfois j'ai vraiment l'impression d'être en décalage, d'être la seule choquée par des évènements ou des paroles qui sortent de l'ordinaire pour moi. Comme l'histoire que j'entends en ce moment.

- Mais en plus de ça, elle a fui son ex qui était violent depuis des années avec elle.

- Et elle a mis des années à partir ? Je ne comprends pas.

Cette réponse a bien failli me faire recracher mon café. James ose sortir cette phrase, après toutes les discussions que l'on a pu avoir.

- Mais est-ce qu'un jour tu as essayé de comprendre, justement ?

Il sait pourtant que ce genre de sujet est important pour moi et surtout, n'est pas à prendre à la légère. Un sujet de plus où nous avons bien du mal, à avoir le même point de vue.

- On ne va pas polémiquer là-dessus.

Il coupe court au sujet, il sait que cela peut partir en dispute entre nous et il ne veut pas de ça devant son meilleur ami.

- Je vais vous laisser.

Trop tard. Il a bien senti la tension qui s'était installée. Un véritable silence s'était imposé. Je regarde son ami avaler les dernières gorgées de sa bière et se lever. Il nous salue chacun notre tour et disparait de la cour.

- Tu étais obligée de réagir comme ça ? Me balance-t-il.

- Et toi ? Tu as vu ta réaction ? Comment peux-tu dire que tu ne comprends pas ?
- Désolé de ne pas avoir la même façon de penser que toi.
- Et bien quand on n'a pas vécu la même histoire, on se retient de donner son avis.

Je l'abandonne, le laissant seul avec sa bière. Un réveil comme celui-ci, je m'en passerai bien. Je termine mon café et abandonne la tasse en chemin dans la cuisine.

Après avoir enfilé une tenue simple, je pioche dans ma bibliothèque une nouvelle lecture et sors de la maison. Il faut que j'aille prendre l'air pour calmer un peu mes nerfs.

- Tu vas où ? Me demande-t-il toujours au même endroit.
- Je vais me promener.
- Mais on devait passer l'après-midi ensemble.

Sans lui répondre, les écouteurs à mes oreilles, je me coupe de tout bruit extérieur. Je sais que la colère s'estompera, avec une bonne lecture et de la musique.

J'ai toujours préféré fuir les disputes et attendre de reprendre mon calme. Aucun problème ne peut se régler correctement si la colère est trop présente.

Installée sur un banc en bois dans le parc, je déguste mon café au lait, pris dans une boulangerie. Je pourrais boire cette boisson à longueur de journée. Après quelques pages, je stoppe cette lecture beaucoup moins passionnante qu'on ne me l'avait vendue. J'avais pourtant lu sur les réseaux que c'était le roman du moment, je ne dois vraiment pas avoir les mêmes gouts que la plupart des lecteurs sur cette terre. Je mets de côté mon occupation et me laisse envoûter par les enfants jouant devant moi. Nous sommes en pleines vacances, les parents ou les grands-parents en profitent pour sortir un maximum avec leurs progénitures. Cela amène de la vie dans cet endroit habituellement bien calme. Je sens mon téléphone vibrer dans le fond de mon sac à main. Une photo de Matisse et moi, enfants, apparait sur l'écran. J'ai toujours gardé ce portrait de nous deux dans mon téléphone, en souvenir.

- Oui ? Commençais-je.

- Elle m'a envoyé un message.

- Qu'est-ce qu'elle te veut ?

Il me lit le message en question. Eva ose lui demander s'il va bien. Mais à partir du moment où tu ne fais plus partie de la vie de la personne, qu'est-ce que cela peut bien te faire ? Elle essaye seulement de l'amadouer, pour pouvoir l'avoir encore sous le coude.

- J'ai encore son numéro, tu veux que moi je lui réponde ? Lui demandais-je avec un soupçon de colère.

Je sens Matisse au plus mal à l'autre bout du fil, je me sens tellement démunie dès qu'une personne de mon entourage est malheureuse. À cet instant précis, hormis remonter le temps et faire en sorte qu'Eva ne rentre jamais dans la vie de mon frère, je ne savais pas quoi faire pour lui venir en aide.

- Il vaudrait mieux rester silencieux, la laisser cogiter dans son coin.

Il n'a pas tort, rien de mieux que l'absence d'une réponse pour faire tourner en rond l'interlocuteur.

- Tu veux que je vienne te voir ?

Je réalise au même moment, que je connaissais même pas son adresse. Sa maison m'était encore totalement inconnue.

- Non, ne t'en fais pas, je vois des amis ce soir, cela me changera les idées.

Nous raccrochons quelques minutes plus tard. J'admire une nouvelle fois les enfants jouant non loin de moi. C'est sûrement ce que je verrai de plus humain et beau aujourd'hui, autant en profiter. Puis je reprends mon téléphone pour donner rendez-vous un midi dans la semaine à Matisse.

Cette histoire me touche bien plus que je ne l'aurais imaginé. En même temps, qui pouvait s'attendre à tout ça. Le retour de Matisse, le comportement épouvantable d'Eva et je ne peux m'empêcher d'avoir peur pour la petite Lola. La nuit dernière je me suis retenue de pleurer à plusieurs reprises pendant que j'aidais mes petites personnes âgées à leurs couchers. À ma pause, je me suis même enfermée plusieurs minutes dans les toilettes, pour pouvoir lâcher mes larmes sans que mes collègues ne s'en aperçoivent.

Ce qui est d'autant plus sûr, c'est que nous ne sommes pas arrivés à la fin de cette histoire. Il y a encore trop d'incohérence. Et pour Matisse il sera difficile d'avancer s'il reste dans le flou.

VI

Matisse

Un dernier effort et je suis de retour chez moi. Je suis content de ma performance de ce matin. J'ai réussi à parcourir plus de kilomètres que ces derniers jours. Comme quoi, le mental joue énormément. Je me retrouve devant mon entrée, je peux enfin ralentir ma foulée et souffler. Je récupère mon téléphone accroché au bras, éteins la musique et profite du calme de la ville encore endormie. Il est à peine sept heures du matin, et après une nuit moins envahie par les cauchemars, je me suis réveillé de bonne humeur et me suis motivé pour aller me défouler un peu. Rien de mieux que d'entendre le chant des oiseaux, de respirer l'air pur et d'en profiter seul, sans que personne ne vienne gâcher ce moment.

Hier encore, j'étais perdu dans mes pensées, j'étais pourtant conscient qu'en expliquant ce qu'il se passait dans ma vie cela ressasserait encore plus dans ma tête. Mais je ne n'étais pas prêt pour autant. Maintenant, je me dis que j'aurais peut-être dû espacer les retrouvailles avec ma mère de celles avec Iris. Retracer toute l'histoire à deux reprises en une seule journée, était bien pire que de la torture. Et encore plus à présent que je sais qu'Eva manipulait aussi ma famille. Je n'ai pas d'insulte assez forte pour la décrire, quel était son but dans tout ça ? Que je me retrouve sans famille, peut-être parce que la sienne est terriblement bancale ?

Il est vrai qu'elle me sortait toujours une excuse pour que je ne rencontre pas sa maman. Ses parents étaient divorcés, je ne voyais que rarement son père et sa belle-mère, seulement quand je devais leur déposer Lola ou la récupérer, le temps d'un week-end. Mais leur accueil, à chaque fois, n'était pas ce qu'il y avait de plus chaleureux. Cela n'avait rien à voir avec ce que j'avais pu connaître auprès de mes parents. S'ils avaient des invités, ils leurs offraient toujours un café, ils discutaient, s'intéressaient à eux. Je ne suis même pas sûr que les parents d'Eva connaissent mon prénom. Ne parlons pas des repas de famille, totalement inexistant chez eux. Et ne parlons pas de ses sœurs, de vraies folles qui enchaînent les mecs tout en leur brisant le cœur et leur compte en banque. Même en sachant tout ça, je me suis toujours dis qu'Eva n'avait rien à voir avec son entourage. Je me suis bien planté.

Si un jour on m'avait dit que je vivrais une telle histoire, je n'y aurais pas cru une seule seconde. Pour moi, seules les personnes naïves et qui ont une faible estime d'elles se font manipuler. Aujourd'hui, j'ai une tout autre image de ces personnes qui se sont fait avoir. Parce qu'aujourd'hui, j'en fais aussi partie. Le dernier message qu'a pu m'envoyer Eva m'a fait beaucoup de mal. Je n'ai pas su trouver d'autre solution que d'appeler Iris. J'ai ressenti comme une crise de panique en voyant le numéro de celle que j'aime encore, s'afficher sur mon téléphone. Et je ne m'y attendais absolument pas. Pour moi, son silence radio serait éternel. Mais comme quoi, rien n'arrive par hasard, cela a eu lieu le jour même où je passais la soirée avec des amis. Dans tous les cas, je ne serais pas resté seul à ruminer sur ce message.

« Salut Matisse, je souhaitais savoir comment tu allais ? Bisous. »

Et ce « bisous » à la fin me donnait presque envie de vomir. Il sonnait tellement faux. Heureusement, je suis même assez fier de moi là-dessus, j'ai réussi à ne pas tomber dans son jeu et à la laisser sans réponse. Mais je me demande quand même quelle est sa réaction, face à l'absence de réponse. Est-ce que cela la chamboule ? Ou n'en a-t-elle rien à faire ?

Iris m'a invité à venir déjeuner chez elle hier soir par message. J'ai tout de suite accepté. Je vais pourvoir découvrir sa maison, continuer d'en apprendre plus sur elle. Et cela me fera le plus grand bien de sortir de chez moi. J'ai perdu beaucoup trop d'années, maintenant que je sais qu'elle souhaite que notre relation redevienne comme avant, il faut rattraper le temps perdu.

Avant de sauter dans la voiture, mon regard se pose sur les roses couleur pâle qui ont récemment fleuri dans mon jardin. Je coupe deux tiges et les enroule à l'aide d'un mouchoir humide. Il ne me faut que quelques minutes pour rejoindre l'adresse d'Iris, elle non plus n'a pas déménagé si loin que ça de nos parents.

En arrivant, je découvre une magnifique petite maison blanche. Des volets couleur bleu pétrole y ajoute un charme, ainsi que la petite cour cachée derrière, que l'on peut apercevoir seulement une fois passé une petite allée. Le moteur éteint, je n'oublie pas de prendre les deux roses avec moi. Iris, au taquet, est déjà aux pieds des marches qui mènent à sa porte d'entrée. Elle vient me saluer de son plus beau sourire et moi je lui tombe directement dans les bras.

- Comment ça va ? Me demande-t-elle.

Un de ses bras se glisse derrière mon dos, notre étreinte dure quelques secondes avant que je me redresse.

- Aujourd'hui ça va.

Iris me fait signe de la suivre, je monte les trois marches et écarquille les yeux en voyant la première pièce de sa maison : une cuisine à la couleur rose poudré, quelques étagères en bois, où un nombre incalculable de tasses y sont rangées. J'en profite pour lui tendre les deux fleurs roses qui s'accordent très bien avec le lieu pour le coup.

- J'ai encore quelques trucs à faire, je te laisse visiter tout seul si tu le souhaites, me lance Iris.

Elle se précipite vers sa plaque de cuisson, une spatule en bois à la main, je la contemple pendant qu'elle cuisine. Une odeur très enivrante se dégage du plat qui se trouve sur le feu.

Je la laisse tranquille dans la cuisine afin qu'elle puisse parfaire la fin du repas. J'en profite pour continuer de découvrir l'intérieur de la maison. Trois couleurs sont à l'honneur dans le séjour : le crème, le bleu et le vert. La décoration est choisie avec beaucoup de goût, un mélange d'ancien avec de vieux meubles rénovés par ses soins, et du moderne avec tous les bibelots qui trônent un peu partout. Mais ce qui m'impressionne le plus, c'est la grandeur de sa bibliothèque. Je me souviens pourtant de sa passion pour la lecture mais je ne m'attendais pas à une telle collection.

En la contemplant de plus près, je tombe sur un titre qui me tape directement à l'œil. *Hypersensible*. Je le retire de l'étagère et lis avec intérêt le résumé. En le feuilletant par la suite, je tombe directement sur un chapitre qui me prend au cœur. *Les hypersensibles, les proies des pervers narcissiques*. Au même moment Iris fait son apparition dans le séjour munie de deux sodas.

- C'est un livre que j'ai absolument voulu acheter mais que je n'ai pas encore eu le temps de lire, lance-t-elle en s'installant sur son canapé.

Je cherche la première page du chapitre en question, tout en allant m'asseoir au côté de ma sœur. Mon cœur s'emballe comme si au plus profond de moi je savais que certaines réponses allaient émerger grâce à ce bouquin. Je lis à voix haute chaque ligne. Tout est là, tout est écrit. La manipulation, l'antipathie, l'égocentrisme...

Eva est donc une perverse narcissique. C'est pour cela que je devenais fou et que j'acceptais des situations improbables. Les bons moments effaçaient facilement les mauvais, car elle savait comment faire pour que son charme fasse effet sur moi. C'est comme si ces personnes-là avaient un pouvoir, comme si elles étaient aptes à contrôler les pensées et les émotions de leurs victimes. Je comprends mieux mes accès de colère, la tristesse qui m'inondait.

- Tout est là.
- Comment ça ?
- Toutes les réponses, écoute : avec le temps, la relation va progressivement dévoiler son vrai visage et montrer une tout autre nature...

C'est exactement, ce qu'il s'est passé. Les premiers mois, elle était la femme idéale, aux petits soins, elle me valorisait, me complimentait. Et du jour au lendemain, subtilement, cela a commencé à se dégrader. Et quand je lis la suite de ce bouquin, des scènes me reviennent. Tous les défauts indiqués dans ces lignes représentent malheureusement Eva.

Le pervers narcissique cherche à se rendre indispensable, c'est devenu comme ça pour moi. Eva était devenue essentielle à ma vie, tous les jours.

Il peut dire une chose et son contraire. Par moment, elle se contredisait elle-même, pourtant elle était consciente de ma capacité à tout retenir, que ma mémoire est limite infaillible. Mais cela ne l'empêchait pas de me dire une version un jour et totalement l'inverse le lendemain. Elle se perdait elle-même dans ses mensonges.

Et n'évoquons pas le manque d'empathie.

- Eva, est une perverse narcissique.

J'avais entendu par hasard le terme de pervers narcissique. Et comme pour le livre sur les hypersensibles qui se trouve encore dans mes mains, mon intuition me disait de faire des recherches sur cette pathologie. Je n'ai pas été déçu. Plus j'en apprenais, plus le visage d'Eva se révélait dans ma tête. Mais je préférais rester dans le déni. Comment accepter que la personne que l'on aime est un monstre. Maintenant, je n'ai plus aucun doute. Et surtout cette phrase de fin qui définit bien le pervers narcissique : « c'est un fond brisé ». Petit à petit, tout se remet en place dans ma tête, une partie des réponses que je cherche depuis tant de temps est écrite ici. Eva ne pourra jamais être heureuse, elle ne sait pas se nourrir des simple joies de la vie. Elle ne s'aime pas, et pourtant elle a besoin de le faire croire aux personnes qui l'entourent. Elle ne connait pas les émotions, elle simule. Elle ne ressent rien, parce qu'elle est vide. Elle ne pourra jamais se remplir de quoi que ce soit, elle est brisée.

J'essaie comme je peux de me remettre de mes émotions. Je n'avais pas pleuré pendant des mois et des mois, mais depuis quelques jours je laisse écouler tout mon stock de larmes qui se trouvait bien enfoui.

- Je peux te l'emprunter ?
- Oui, bien sûr.
- Je pense qu'il peut vraiment m'aider, dis-je en le feuilletant.

Je suis même certain qu'il va m'aider, que d'autres réponses sont cachées à l'intérieur de ce livre. J'ai l'impression de tenir entre mes mains une bible qui saura me guider. Je le referme et le dépose devant moi, avant de trinquer avec Iris. Sans le quitter des yeux nous évoquons d'autres sujets de conversation, mais je n'ai qu'une seule idée en tête : rentrer à la maison et dévorer ce livre sur les hypersensibles.

Nous avons passé l'après-midi à nous balader dans un grand parc naturel, non loin de chez Iris. Cela m'a fait beaucoup de bien de prendre l'air et surtout de m'être déchargé encore un peu plus sur la toxicité d'Eva. Iris était maintenant consciente aussi du véritable visage de celle qui a partagé ma vie. Elle m'a promis qu'elle ferait des recherches de son côté, pour en savoir un peu plus. Je lui ai aussi transmis tous les podcast et vidéos que j'ai pu avaler pour me renseigner.

Maintenant que je suis rentré à la maison, bien monotone, bien calme, je m'installe confortablement dans le canapé. Cette journée fut de nouveau riche en émotion, mais je sais que cela m'aide à avancer pour la suite. Un verre de soda dans une main et le livre dans l'autre, je peux enfin me lancer dans cette lecture que j'attendais tant. En effet, une nouvelle question trotte dans ma tête.

Dans tout ça, serais-je hypersensible ?

VII

Iris

Cela fait plus de deux semaines maintenant que j'ai retrouvé mon grand frère. J'avais mis de côté les propos qu'avait pu tenir Matisse au sujet d'Eva. La diagnostiquer perverse narcissique en lisant simplement quelques lignes d'un livre était un peu précipité. Sur le trajet pour rejoindre James qui m'attendait déjà devant le cinéma, je profite d'être seule en voiture pour mettre en route un des podcasts que Matisse m'a envoyés récemment. Il s'agit de plusieurs témoignages de victimes, hommes comme femmes, qui ont vécus plusieurs années avec un ou une perverse narcissique. Après quelques minutes d'écoute, je me suis retrouvée à être bien plus captivée par ce que j'entendais plutôt que par la route. À la nuit tombée, je me surprends à être dans ma voiture, sur un parking désert, à entendre des moments de vies plus atroces les uns que les autres. Il y avait quand même pas mal de similitudes avec ce qu'avait pu vivre mon frère. Il n'exagérait en rien, en parlant de perversion narcissique. Et comme expliqué par la psychologue qui accompagnait les victimes dans le podcast, il est difficile pour un professionnel de diagnostiquer un pervers narcissique, car ils ne viendront jamais consulter eux-mêmes. Pour eux, ils n'ont aucun soucis, ils ne savent pas se remettre en question, donc pourquoi iraient-ils voir un psychologue ? Ce sont les victimes qui après quelques consultations, comprennent l'emprise dans laquelle elles étaient. Et pour Matisse, il n'y pas eu de consultation, mais des heures et des heures de recherche. Ce n'est pas uniquement le livre que je lui ai prêté qui l'a fait se rendre compte du trouble de personnalité d'Eva. Ce sont tous les podcasts, les vidéos de témoignages et de spécialistes, il avait raison, Eva est une perverse narcissique.

Mes doigts tapotant le volant, mes genoux ramenés contre ma poitrine, le regard dans le vide, je faisais abstraction des messages de James, qui devait s'impatienter. J'étais tenue en haleine par ces histoires, qui n'étaient en rien des fictions. La manipulation, la culpabilité, l'éloignement de l'entourage, la dévalorisation, c'était tout ce que vivait Matisse, encore aujourd'hui après la rupture. Mon cœur de petite sœur était touché.

« Une femme incroyable vu de l'extérieur, mais sous son masque se cachait une noirceur inexplicable. »

« Je suis malheureusement retombée plusieurs fois dans ses griffes. »

« Tout était toujours de ma faute. »

« C'est un cycle infernal. »

Le silence fit son apparition à la fin du podcast. J'étais anéantie par toutes ces histoires. Les larmes ne coulaient pas mais le chagrin était bien présent en moi. Toutes ces années perdues. Je sais à quel point je peux être en boucle avec ça, mais j'ai bien du mal à accepter ce temps perdu. Un temps perdu à cause d'une salope. Ma colère envers elle était profonde. Eva, elle que nous avons tant aimée avec ma famille, que nous avons cajolée, crue, nous avons été tellement naïfs. J'aurais tellement voulu entendre ces témoignages avant, être renseignée, j'aurais sûrement pu sauver mon frère de son emprise. Cette fois-ci, James m'appelle, il en a eu surement marre de m'envoyer des messages sans avoir de réponse.

- J'arrive bientôt, lui dis-je.
- La séance a commencé depuis un moment.

Je m'en veux, en regardant l'heure sur mon téléphone je me rends compte que James m'attend depuis plus de deux heures, dehors. Heureusement que nous sommes en été, mais je n'imagine même pas le nombre de cigarettes qu'il a dû écouler, pour faire passer le temps.

- Je suis désolée, je n'ai pas vu le temps passer, répondis-je en me remettant correctement sur le siège.

- Bon, ce n'est pas grave, le film ne va pas disparaitre de l'affiche tout de suite, tu me rejoins quand même au restaurant à côté ?

Je souris bêtement face à sa proposition, je sais de quel restaurant parle James, c'est là où nous nous sommes retrouvés pour notre premier rendez-vous. C'est un restaurant chinois, où le buffet à volonté ravit nos papilles. Nous sommes tous les deux des adeptes de sushis, de nems et de rouleaux de printemps... J'en ai l'eau à la bouche, rien que d'y penser.

- Je suis là dans cinq minutes.

Je mets le contact et commence à sortir du parking, un nouveau podcast était prêt à commencer, je l'ai de suite coupé. Il me faut un peu plus de légèreté pour le reste de la soirée. Je remplace le début d'un témoignage par une musique sortie récemment, qui me met du baume au cœur à chaque fois que je l'entends. C'est tout ce dont j'ai besoin pour me remettre de mes émotions, une musique entrainante et une soirée en amoureux.

Dès demain, je continuerai de me renseigner, pour mieux comprendre ce que peut ressentir Matisse il me faut toutes les clés en main. À la première heure demain, j'irai en librairie me trouver des livres sur d'autres témoignages, j'essaierai de trouver ce qui les a sauvé et aidé à reprendre une vie « *normale* ».

Dans tout ça, je réalisais tout juste que ma colère inutile envers Matisse avait disparue aussi vite qu'elle était arrivée. Je pense que je m'en voudrais toujours de ne pas avoir creusé plus loin, de ne pas avoir forcé une discussion entre lui et moi. J'aurais sans doute pu l'aider, le sortir des griffes d'Eva bien plus tôt et il ne serait pas aussi malheureux aujourd'hui. Moi qui ait préféré croire les mensonges de mon ancienne belle-sœur, de savoir que je me suis fait manipuler aussi facilement par une personne aussi vide, cela me chagrine et me terrifie.

On ne peut imaginer à quel point une personne se retrouve dans une détresse psychologique. Matisse ne vit pas seulement une rupture, c'est un deuil, une disparition, tellement lourde, sans aucune réponse à ses questions. Les pensées de Matisse ne cessent de l'envahir, car son imagination met en route tous les scénarios possibles. Et il ne pourra pas être totalement en paix, tant qu'il n'aura pas recomposé tout le puzzle.

Et dans tout ça, je ne pensais pas que c'était moi qui allais lui apporter les plus grandes de ses réponses... Je n'ai jamais vraiment cru au hasard, mais ce qui allait arriver par la suite, allait me le confirmer.

IIX

Matisse

Eva est là, plantée devant moi. Sans aucun maquillage, aucun artifice, la Eva que j'aime, totalement naturelle. Elle me sourit, c'est un véritable sourire, je le vois dans ses prunelles, elles pétillent de mille feux. Cela fait des mois que je ne l'avais pas vue aussi sereine. J'ai le cœur qui bat, comme s'il repartait après s'être éteint, il ressent de nouveau de l'amour, de la chaleur, des sentiments dont il avait perdu la saveur. Eva est à quelques mètres, en face de moi, nos regards plongés l'un dans l'autre, plus rien n'existe autour de nous. J'ose à peine m'approcher d'elle, de peur de la faire fuir.
- Je suis là, Matisse.

Ses mots me font plaisir, mais une sensation de peur rode quand même en moi. Pourquoi me dit-elle ça ?
- Tu entends Matisse, je serai toujours là.
- J'ai besoin d'explication Eva, dis-je en lui coupant la parole, j'ai vraiment besoin de savoir.
- Toujours là, continu-t-elle, dans ton cœur, dans ton esprit, quoi que tu fasses, tu ne m'oublieras jamais.

Son sourire se transforme d'un coup, il me glace le sang, ses yeux ne clignent plus, elle reste figée. D'un coup, nous nous retrouvons dans le noir le plus total, autour de nous, des centaines d'écrans apparaissent, des images de notre couple font irruptions. Je tourne sur moi-même, cherchant à comprendre ce qu'il se passe. Eva, est partout, je la vois me lancer des regards noirs, puis entendre sa voix me balancer des paroles blessantes, des reproches.

« Tu te rends compte de ce que tu as dit... »

« Tu m'as mis la honte devant nos amis... »

« Tu n'es pas drôle quand tu ne bois pas… »

« Si j'ai pris autant de poids, c'est uniquement par ta faute… »

Ce sont des souvenirs, mes souvenirs. Je me souviens de chaque moment qui défile devant moi, c'est un enfer de revivre tout ça, de ressentir chaque blessure causée à ces instants précis. Comme cette soirée, où Eva est alcoolisée et vacille devant moi en me lançant des injures. Ou encore cet anniversaire, où je lui ai offert un bijou choisi avec beaucoup d'attention, aucun sourire de sa part, ni remerciement. Mon cœur s'émiette peu à peu, j'en ai mal à la tête, il faut que cela cesse. Je hurle pour estomper la voix d'Eva, cache mes oreilles à l'aide de mes mains, mais le volume ne cesse d'augmenter. Puis, une alarme fit son apparition et me sortit de mon sommeil. C'était seulement un cauchemar, un putain de cauchemar. Je suis en sueur, mon cœur est à deux doigts de se décrocher de ma cage thoracique. Une énorme migraine apparait. En voyant l'état de mon lit, je me dis que mon sommeil devait être bien agité, et depuis un moment. Eva vient même troubler mes nuits. Comment vais-je m'en sortir ? Cette femme m'a traumatisé, je n'ai pas d'autre mot. Mon réveil affiche quatre heures du matin, c'est un enfer. J'ai envie de laisser exploser la rage qui est en moi, de me cogner la tête contre les murs pour tout oublier, une amnésie, voilà la solution, j'aimerais juste oublier les six dernières années de ma vie.

Je saute du lit, attrape un médicament pour essayer de calmer mon mal de crâne et part m'affaler dans le canapé. J'ai peur de me rendormir et de revivre ce cauchemar.

Je passerai le reste de ma journée devant la télévision, l'esprit brouillé, éteint, laissant les heures s'écouler et espérant de tout cœur que demain sera différent.

IX

Iris

« Je vous rejoins au plus vite. »

Je range mon téléphone dans mon sac à main après avoir envoyé ce message à James. Il venait de me prévenir qu'une petite sortie dans un bar s'était improvisée pour la soirée, avec quelques amis à lui. J'avais profité de ma journée de repos pour passer du temps avec une amie au restaurant et pour faire quelques magasins. Avec ce qu'il se passe dans ma vie en ce moment, il me fallait absolument un moment de répit pour penser à autre chose. Et qui de mieux que mon amie Anna pour se vider la tête. Anna est l'une des plus belles personnes que j'ai pu rencontrer. Elle a deux ans de plus que moi. Je l'ai rencontrée au cours d'une soirée, il y a trois ans maintenant. Nous avions tellement discuté, que nous nous connaissions déjà par cœur au bout de quelques heures. Nous adorons nos moments simples où nous pouvons parler de tout et de rien, sans avoir peur du jugement de l'autre. Elle connait le moindre détail de ma vie et bien évidement, elle est la première personne, après James, à qui je raconte l'histoire de Matisse. J'ai encore en tête ses paroles bienveillantes.

« *Tu as retrouvé ton frère, et il n'est pas le monstre que tu avais imaginé, c'est le plus important.* »

Et Anna avait complètement raison. J'avais retrouvé Matisse, que pouvais-je demander de plus ? Maintenant que ma famille était au complet, je n'aurais plus à admirer en secret les familles des autres, à essayer d'imaginer nos repas de famille, nos Noëls et j'en passe. Avec ma mère nous nous sommes appelées il y a quelques jours.

Elle m'a annoncé que Matisse était venu la voir juste après notre rendez-vous. Cela l'a empêché de dormir la nuit qui a suivi leur discussion. Dans sa tête aussi c'est devenu un véritable désordre. Je lui ai proposé qu'on se fasse un restaurant, juste elle et moi, pour que nous puissions en discuter.

Un appel manqué de James me fit sortir de mes pensées. En attendant il y en a un qui s'impatiente de me voir. Depuis le retour de Matisse, je suis bien plus à l'affût de ce qu'il se passe dans ma tête que dans la vraie vie. Son nouveau passe-temps est de claquer des doigts devant mon regard vide, à tout moment de la journée, pour me ramener à la réalité. Ce qui me fait peur à chaque fois mais bon, comme il me le dit si bien, il a horreur de parler tout seul.

Tout en ouvrant la porte vitrée du bar, je laisse passer un groupe de personnes pour pouvoir m'introduire à l'intérieur. L'odeur d'un mélange d'alcool et de tabac me prend de suite au nez. Je porte mon téléphone à l'oreille, en voyant tout ce monde je sais que je gagnerai du temps en l'appelant. Evidemment, il ne me répond pas, cela aurait été trop facile. Je survole la pièce du regard. A quoi m'attendais-je ? Nous sommes un vendredi soir, la moitié de la ville est de sortie. Et bien évidemment James et ses amis avaient choisi un bar connu de la ville. Je prends sur moi pour me faufiler dans la foule, je ne vais quand même pas rester à l'entrée du bar toute la soirée. Sinon autant que je fasse demi-tour et que j'aille me caler sous la couette. J'en rêve d'ailleurs, mais cela fait tellement plaisir à James à chaque fois, que je puisse passer une soirée avec ses amis et lui. Alors je m'adapte, mon lit attendra quelques heures. Je m'excuse auprès de ceux que je bouscule sans le vouloir, j'ai beau être un petit gabarit, je ne suis pas pour autant très douée pour me glisser discrètement.

Un homme, que je pense déjà bien alcoolisé, titube devant moi et, bien sûr, perd l'équilibre. Son verre encore rempli de bière tombe à mes pieds. C'est exactement pour ce genre de scène que j'ai horreur de sortir dans les bars. Deux de ses amis le rattrape par le bras et l'aide à se rasseoir à sa place. Je jette un coup d'œil à mes chaussures noires qui, heureusement, n'ont pris que quelques gouttes. Mon regard se relève et d'un coup mon corps reste stoïque. Comme si une décharge électrique venait de m'immobiliser. Je crois à peine ce que je vois. Eva. Juste en face de moi, à quelques mètres, assise sur un tabouret, accoudée à une table haute. En plus de ça, elle est enlacée dans les bras d'un jeune homme. Depuis tout ce temps, je ne l'ai pas croisée une seule fois. Il suffit que mon frère se sépare d'elle et reprenne contact avec nous pour que je retombe sur elle par hasard. C'est bien un signe du destin que j'aurais aimé éviter pour le coup. Au fur et à mesure de mon avancée vers elle, je reconnais la silhouette de la personne qui se trouve en face d'elle. C'est bien celle de mon James. Et puis, il y a son meilleur ami, se trouvant debout de profil. Je réalise qu'elle ne se trouve pas à n'importe quelle table, mais bien à celle de mon petit ami.

J'espère être dans un rêve, enfin un cauchemar.

Que fait mon ancienne belle-sœur assise en face de James ?

Je reste plantée là, au milieu du bar, manquant de me faire bousculer. James se lève, une cigarette à la main, il tend son paquet à son meilleur ami pour qu'il puisse se servir. Son regard bascule vers moi et un sourire se dessine sur son visage.

- Tu es enfin arrivée, me lance-t-il.

Étrangement je l'entends, malgré la musique et les voix incessantes autour de nous. Il se rapproche et dépose un baiser sur mon front. Mais moi je ne quitte pas du regard celle qui continue de rire aux éclat. On pourrait croire qu'elle le fait exprès pour qu'un maximum de personnes la regarde. Sa boisson alcoolisée est descendue tellement vite comparée aux verres des amis de James.

Eva a vraiment changé, son visage gonflé est encore plus maquillé que la dernière fois que je l'ai vue, il y a quelques années. Je trouvais que déjà elle se maquillait trop, mais comparé à ce soir, ce n'était rien. Mon frère a raison, elle n'acceptait pas de vieillir, une tonne de fond de teint lui cache toute expression de visage.

- Iris ?

Je sais que James, toujours à mes côtés, me parle mais mon esprit reste bloqué sur cette scène irréaliste en face de moi.

Eva pose enfin son regard sur moi et son sourire s'éteint en un fragment de seconde. Mon corps réagit de nouveau, j'approche doucement d'elle, passant à côté du meilleur ami de James sans même lui faire un signe pour le saluer.

- Qu'est-ce que tu fais ici ?

C'est elle qui brise le silence entre nous.

- Je viens passer la soirée avec mon copain, mais toi ? Tu n'es pas censée être avec mon frère ou t'occuper de ta fille ?

Je fais mine de n'être au courant de rien, après tout elle n'est pas censée savoir que nous nous sommes revus avec Matisse.

- Quel frère ?

Je tourne la tête vers celui qui vient d'intervenir. Il fait tellement jeune comparé à elle. Je n'ai jamais eu de soucis avec la différence d'âge dans les couples, mais quand je sais qu'elle a quitté, et aussi trompé, un homme qui lui avait permis d'avoir une stabilité, et que je la vois maintenant

109

avec un jeune homme dont la barbe paraissait encore inexistante. Cela me donnait la nausée.

- Eh bien mon frère, celui qui partage sa vie depuis plusieurs années, renchéris-je.

Le prénom du jeune homme me revient d'un coup en tête. Louis. Je l'ai aperçu quelques fois lors de soirées organisées par des amis de James.

- Comme tu peux le voir, nous ne sommes plus ensemble, lance-t-elle d'une manière hautaine.

- Puis permets-moi de te dire que ton frère ferait mieux de se faire aider, vu comment il rend la vie d'Eva impossible, ajoute le jeune homme à ces côtés.

Et là, un souvenir revient dans mon esprit. Je nous revois James, moi et son meilleur ami dans le jardin. Je me revois surtout écouter une histoire aussi austère que triste. Cette fameuse histoire de leur ami qui est fier de dire à tout le monde qu'il couche avec une femme plus vieille que lui. Une femme qu'il aurait apparemment ramassée à la petite cuillère, dû à la violence qu'elle a subie avant de le connaître...

- Alors c'est de vous dont ils parlaient...

Je sortis cette phrase à voix haute, je voyais bien que ni Eva, ni sa nouvelle proie ne comprenaient où je voulais en venir.

- Tu lui as fait croire que Matisse était violent avec toi ?
- Et c'est vrai.

Elle affirme son mensonge, devant tout le monde. Sans aucun remord, elle salit Matisse en public, elle salit celui avec qui elle a partagé plusieurs années de sa vie. Je retiens le chagrin qui se crée peu à peu dans ma gorge pour ne pas exploser en larmes devant elle. Je sais que cela lui ferait trop plaisir.

- Mais comment oses-tu ? Comment oses-tu cracher sur une personne qui t'a tant aimée et tant soutenue ?

Je repris mon souffle, ma colère redescend, tout ce que j'ai pu lire sur les manipulateurs me revient en tête. À quoi bon lui dire qui elle est, ou de lui balancer ses mauvais actes dans le visage ? C'est une perte de temps, c'est m'épuiser et ça lui donnerait raison en la faisant passer elle pour victime et moi pour folle. Il en est hors de question.

Je ne lui donnerai pas le beau rôle. Elle est vide à l'intérieur, rien ne l'atteint tout simplement parce que rien n'importe pour elle. La possession et l'admiration des autres sont plus essentiels que l'amour à ses yeux.

- Matisse est venu me voir il y a quelques semaines, je sais tout Eva, je connais la vérité, dis-je simplement.

Elle se contente de lever les yeux au ciel. Même le prénom de mon frère ne lui transmet rien. Sa pathologie est incompréhensible. Mon frère n'avait rien exagéré, j'avais la preuve devant les yeux de sa véritable nature. Aucune émotion, absolument rien, et cela se voyait dans son regard aussi sombre que son fard à paupière.

- Vu qu'apparemment, elle te raconte toute sa vie, a-t-elle évoqué sa rupture avec mon frère, qui date seulement de trois semaines ? Dis-je en me tournant vers Louis.

Il la regarde tout à coup. Au vu de son incompréhension je présume qu'il n'était au courant de rien. Lui aussi est une victime dans l'histoire. Il est sa nouvelle victime et je n'ose imaginer comment James et leurs amis en commun, vont le retrouver d'ici quelques mois ou même années.

- N'écoute pas.

Eva ne cherche même pas à se défendre, ni à le rassurer. Elle saisit sa bière, termine les dernières gorgées et se lève du tabouret, avant de commencer à s'éloigner de la table.

- Allez, on y va !

Elle fuit, ça fait partie d'elle. Je suis à peine étonnée par son attitude. Elle s'impatiente devant le manque de réactivité de son copain.

- Un jour, ça se retournera contre toi.

C'est tout ce qu'il me restait à lui dire, c'est ce que j'espère au plus profond de mon âme. Je n'aime pas souhaiter le malheur des autres, mais devant une personne aussi médiocre, je ne peux pas faire autrement. Et la tristesse de Matisse est en moi, même loin de lui je le sais mal et je suis incapable de faire comme si ça n'existait pas.

Je vois Louis se lever à son tour de son tabouret, laissant à l'abandon la moitié de sa boisson alcoolisée.

- Je sais de quoi elle est capable, si un jour tu ressens le besoin de savoir la vérité, n'hésite pas.

Je lui sors ces mots le plus discrètement possible, au moment où il passe juste à côté de moi. Il est impossible qu'elle sache ce que je lui ai dit et j'espère qu'il sera assez intelligent pour ne pas lui répéter. Je n'ai plus qu'à croiser les doigts pour qu'il revienne vers James pour demander des informations. Je ne le blâmerai pas, il ne savait pas qu'il était un amant pendant des mois. Elle est la seule fautive dans cette histoire. C'est fou comme une seule personne peut détruire autant d'humains. Il est même possible qu'il y ait encore d'autres proies.

Ils ont maintenant tous les deux disparu du bar, je me retrouve seule entourée de James et son meilleur ami. Je souffle un grand coup, avant d'attraper le verre de mon copain, je laisse pas mal de bière s'écouler dans ma gorge avant de lui rendre.

- Que vient-il de se passer ?

Je lèche ma lèvre supérieure, afin d'enlever la mousse de la boisson.

- Il s'agissait d'Eva, l'ex de mon cher frère est la copine de votre pote, balançais-je sur un ton théâtral.

C'est au tour de James d'être sous le choc.

- Tu sais dans quel état j'ai retrouvé Matisse, attends-toi à retrouver ton pote dans le même état, si ce n'est pire.

J'en était désolée pour eux, mais je ne pouvais faire autrement. La perversité d'Eva va bien sûr détruire ce pauvre jeune homme. Tout ira bien au début et au fur et à mesure du temps cela se dégradera, elle lui fera subir des colères, lui mentira, le rabaissera, mais tout cela de manière sournoise. Il ne faut pas que cela soit trop flagrant, bien évidemment. Lui aussi se sentira mal sans comprendre les raisons. Eva l'éloignera de ses amis et de sa famille. Il n'aura plus qu'elle. C'est ce qu'elle souhaite pour l'emprisonner encore plus.

- Les doutes de Matisse étaient vrais, il y avait bien un autre homme dans sa vie, et bien sûr il fallait que ça tombe sur un de tes amis.

En y repensant, cela parait fou. Il y a des milliers d'hommes dans cette ville et il fallait qu'elle trompe mon frère avec un ami de mon copain. Je peux voir dans le regard de James l'incompréhension la plus totale sur ce qu'il vient de se passer. Et cette colère qui me ronge de la voir dans les bras d'un autre, en pensant à l'état de mon frère. J'aurais préféré ne pas le savoir et rester dans l'inconnu comme Matisse. Mais maintenant je n'ai plus le choix, je ne peux rester avec ce secret.

- Il faut absolument que je lui balance tout !
- Ça attendra, Iris.

James me retient d'un coup, en me prenant dans ses bras pour tenter de calmer ma colère.

- Mais, je dois lui dire au plus vite, répondis-je en voulant m'écarter.
- Demain ! Tu es beaucoup trop énervée pour prendre la voiture.

Il me serre encore plus fort contre lui, je comprends que je n'aurais pas gain de cause avec lui. Son meilleur ami nous fait signe de le suivre à l'extérieur, il est vrai qu'avec tout ça ils n'ont toujours pas pu aller fumer.

La fraîcheur a fait son apparition entre-temps, je reste un peu à l'écart d'eux deux pour échapper à l'odeur de la cigarette, que je tolère peu. Je profite de ce moment pour raconter en détails la véritable version de l'histoire. Il était hors de question pour moi que mon frère passe pour un homme violent, encore moins aux yeux du meilleur ami de mon copain.

Un peu plus tard dans la soirée, les révélations du meilleur ami de James seront bien au-dessus de ce que j'aurais pu imaginer.

X

Iris

Comme promis, je ne suis pas allée voir Matisse hier soir, directement après ma découverte. Je n'ai pas fermé l'œil de la nuit. À quoi je m'attendais, en une soirée j'apprends qu'Eva trompe mon frère depuis des mois et qu'elle consomme de la drogue bien plus forte et à une fréquence bien plus importante que ce que Matisse me disait. On ne parle pas seulement de joints, ou de pilules d'ecstasy en soirées. On parle maintenant de cocaïne. Eva, mon ancienne belle-sœur, est tombée dans la cocaïne et pour ne pas l'aider, n'est entourée que de drogués. Même si je la sait toxique, je ne peux pas m'empêcher d'avoir de la peine pour elle. Elle a fait bien plus que sombrer.

Un petit souvenir me revient en mémoire. Quelque mois après avoir fait la connaissance d'Eva et Lola, nous passions quelques petits moments ensemble. Cela me tenait à cœur, d'apprendre à les connaître, elles étaient importantes dans la vie de Matisse, je voulais montrer qu'Eva pouvait compter sur moi.

Cet après-midi-là, j'avais promis à Eva de m'occuper de sa fille. C'était les vacances scolaire, Eva et Matisse travaillaient tous les deux. Elle avait déposé Lola chez mes parents, où je vivais encore. Lola avait à peine quatre ans. Je me souviens m'être amusée à garder celle que je considérais comme ma nièce. Même si elle avait déjà un caractère bien affirmé, c'était un vrai petit soleil. Elle me faisait rire et avait beaucoup d'imagination. On avait profité du beau temps, ça devait être pendant le printemps, je me souviens encore du joli petit parc, à quelques pas de la maison. Il était bien plus rempli de fleurs que d'enfants. Nous avions pu avec Lola passer pas mal de temps dans la petite aire de jeux, comme si elle nous appartenait. C'était un moment simple, mais que je chéris encore aujourd'hui. Quand je me dis que maintenant, elle a neuf ans, le temps passe tellement vite. J'ai peur pour elle, peur pour son avenir, pour sa vie chez elle. A-t-elle déjà vu sa maman dans un sale état ? Enfin, sous l'emprise de l'alcool, oui. À écouter les anecdotes de Matisse, quand ils étaient encore ensemble, Eva ne pouvait s'empêcher de se servir quelques verres de whisky par-ci par-là. Mais est ce que Lola est consciente de la déchéance de sa propre mère ? J'ai du mal à croire qu'à neuf ans, une petite fille peut avoir la maturité de comprendre ce genre de situation. J'espère que son insouciance d'enfant la sauve, par moment, de l'atmosphère nocive qui doit se respirer dans sa maison.

- Bien dormi ?
La voix de James me sort tout de suite du souvenir.
Encore allongée dans le lit, quelques rayons du soleil traversent les rideaux, je peux donc apercevoir son visage à moitié caché par l'oreiller. Je

me retourne vers lui avant de lui faire une mimique pour lui donner ma réponse.

- Il faut que j'aille voir Matisse, je n'ai pas le choix.
- Je sais, le monde est vraiment petit quand même.

Je lève les sourcils, des mois que James savait la vérité sans en être conscient.

- Tu imagines, tu aurais pu la croiser bien plus tôt.

James et ses amis l'ont rencontrée dans ce même bar, lors d'une soirée match, cet hiver. Les fois où Eva se trouvait avec eux, moi j'étais au travail, d'où mon absence. Je n'ose imaginer ma réaction si j'avais vu Eva dans les bras de ce Louis avant d'avoir retrouvé Matisse. Mon cerveau aurait court-circuité sur place, en les pensant encore ensemble.

Je me lève du lit, à contre-cœur. Alors qu'hier soir, sous le coup de la colère, j'étais prête à prendre ma voiture pour aller tout balancer à Matisse, ce matin je m'en sens incapable. Je sais que je me dois de le faire, je ne pourrais en aucun cas le regarder droit dans les yeux et lui mentir. Je me faufile sous la douche après avoir envoyé un message à Matisse pour lui faire part de mon arrivée chez lui, d'ici une heure. Un second café ingurgité, quelques touches de maquillage sur le visage et une tenue parfaite pour la chaleur extérieure, je suis parée pour affronter la tempête, que je vais causer malgré moi.

Dans la voiture, je m'aventure dans la rue où vit Matisse, une toute petite cité à seulement quinze minutes de chez moi. Mais comment cela peut être possible que l'on ne se soit pas croisé pendant tout ce temps ?

J'aperçois Matisse, assis sur une des chaises en plastique devant chez lui, cigarette à la main. Son regard est perdu, il ne s'aperçoit même pas de mon arrivée. Je sors de ma voiture, garée juste devant son portail en bois.

- Matisse ?

J'ai sorti l'intonation la plus douce possible, pour ne pas lui faire peur.

- Oh, désolé je ne t'avais pas entendue.

Matisse me sort son plus beau sourire, les rayons du soleil se reflètent dans ses yeux bleus encore bien humides, j'imagine ce qui se tramait dans ses pensées.

- Bienvenue chez moi.

Il ouvre la porte de la maison et me laisse rentrer la première. Je découvre un joli petit intérieur, assez vide. La luminosité de l'extérieur donne beaucoup de charme, avec le carrelage un peu ancien et les murs blanc, cela rajoute de la chaleur à la pièce de vie.

- Je sais, ma maison fait assez abandonnée, me lance Matisse.

Il m'explique que c'était à Eva de s'occuper de la décoration intérieure. Il voulait s'impliquer avec elle, mais elle trouvait toujours une excuse pour repousser l'achat des meubles. D'où le manque d'ameublement dans la maison, seuls ceux que Matisse avait avant sa rencontre avec Eva étaient présents. Une table en bois avec deux bancs autour, un petit meuble télé et un canapé, rien de plus. Eva n'avait rien investi dans la maison, hormis sa part du prêt pendant quelques mois.

Matisse porte ce lieu seul, depuis tout ce temps, je comprends sa fatigue, je comprends son amertume.

Tous les deux assis face à face, chacun sur son banc et nos boissons devant nous, je ne perds pas un seul instant avant de tout lui révéler. Je lui donne chaque détail de la soirée de la veille, de ma surprise de croiser Eva jusqu'au physique de Louis, sa nouvelle victime. J'évite de croiser le regard de Matisse, cette tâche est déjà tellement lourde, si en plus je vois sa tristesse, je me sentirai incapable d'aller jusqu'au bout.

- Tu te rends compte ? Elle se trouvait là, assise à côté de lui, une bière à la main, toute joviale…

Je prends une pause pour avaler une petite gorgée du soda, posé sur la table devant moi.

- Mais si tu avais vu sa tête quand j'ai débarqué devant elle…

Je m'interromps tout en posant mon regard sur Matisse. Ses yeux sont remplis de larmes, à cet instant, je me déteste de lui avoir balancé toutes mes découvertes.

- Je suis désolée.

Je m'en voulais vraiment, je n'aurais pas dû laisser la colère m'envahir autant. Je ne me suis pas rendu compte de ce que je lui infligeais. Je ne venais pas seulement de lui certifier ses doutes, je lui brisais aussi le cœur une seconde fois. Je me lève du banc et contourne la table, afin de m'asseoir à ses côtés et de le prendre dans mes bras. Je lui laisse le temps de reprendre ses esprits avant de continuer. Je me détestais au plus haut point de lui faire vivre ça. Matisse boit une nouvelle gorgée de sa boisson gazeuse, certainement pour apaiser la douleur dans sa gorge, tout en jouant avec son verre, le regard perdu.

- J'ai aussi appris d'autres choses, mais tu n'as peut-être pas envie d'en entendre plus aujourd'hui, dis-je, le cœur palpitant.

Il sort une nouvelle cigarette de son paquet, je n'avais même pas remarqué à quel point son cendrier était rempli. Il porte le briquet devant ses lèvres pour allumer la cigarette et relâche la fumée avec puissance, comme si elle l'aidait à évacuer un bout de sa colère.

- Pendant que nous y sommes, autant tout savoir.

Je n'ai plus le choix, je dois lui révéler les dires du meilleur ami de James.

- Eva ne prend pas que des « petites drogues » juste en soirée, elle est tombée dans la cocaïne.
- Putain, ce n'est pas possible.

Matisse lève les yeux au ciel, les larmes perlant sur ses joues, il ne peut plus se retenir. Et je ne lui ai pas dit, ce qui, je sais, sera le plus dur à entendre pour lui.

- Et... Lola connait ce Louis, depuis le début.

J'ai laissé un silence entre chaque mot, pour lui laisser le temps d'assimiler l'information. Il n'y a aucune réaction venant de Matisse, pendant quelques secondes, j'ai même cru que ma phrase était incompréhensible. Mais c'était avant tout bien trop lourd à entendre pour lui. Être remplacé à la fois par sa compagne et par sa belle-fille, absolument personne ne pouvait se mettre à la place de Matisse actuellement.

- Je veux dire, qu'elle savait qu'il était plus qu'un ami pour sa mère.

- Elle me mentait aussi, alors ?

Je me contente d'acquiescer, j'ai encore du mal à accepter qu'une petite fille de neuf ans ait pu aussi bien couvrir un si lourd secret. Comment arrivait-elle à vivre ici, dans cette maison, parler et rire avec Matisse, tout en sachant ce qui se passait ?

- Il y a quelque chose, que j'ai omis de vous confier...

Je reste stoïque, prête à entendre sa révélation.

- Cela fait plus de six mois que je suis au chômage.

Il continue en me résumant la situation. Après dix ans dans la boîte en tant que chef de chantier, Matisse a eu un jour la surprise de recevoir un courrier lui annonçant son licenciement. Comme avec Eva, c'est arrivé d'un coup, sans aucun signe avant-coureur.

Donc, en quelques semaines, Matisse s'est retrouvé sans celle qui partageait sa vie depuis plu-

sieurs années, sans sa belle-fille qu'il élevait et sans travail. La chute est beaucoup trop brutale.
- Mais comment fais-tu pour payer la maison ?
- Depuis le début je la paye tout seul, Eva a rarement participé financièrement. Elle s'occupait des courses et d'autres besoins pour nous, mais j'ai toujours pris en charge le prêt de la maison. Mais avant de toucher le chômage, j'avais un très bon salaire, je pouvais me permettre d'assumer, maintenant cela va devenir compliqué au fil du temps...

Matisse éclate en sanglot à la fin de sa phrase. Et moi, je me retiens du mieux que je peux, je veux rester forte pour lui.
- Tu te rends compte, il y avait tellement de signes qu'elle se servait de moi, qu'elle voulait seulement me détruire, mais je n'ai rien vu...

Malheureusement, les victimes de manipulation ne comprennent pas tout de suite ce qui leur arrive, certaines même jamais, restant dans une spirale infernale tout le restant de leurs vies.

Je me permets de nous préparer un café, il me faut de quoi me requinquer pour la suite de la journée. Tout en cherchant les tasses dans les placards, je tombe sur le bouquin que je lui ai prêté la dernière fois, celui sur les hypersensibles que je n'avais pas eu le temps de découvrir. Je le feuillette le temps que la boisson chaude se prépare.

- Depuis tout petit, je me suis toujours senti en décalage avec les autres, je comprends mieux pourquoi, je me suis retrouvé dans toutes les pages du livre…

Matisse est debout à mes côtés, il a dû m'entendre fouiller dans la cuisine et est venu à ma rescousse pour sortir les tasses à café.

- Je peux le reprendre ? Lui demandais-je, en tenant le livre contre ma poitrine.
- Bien sûr, je l'ai terminé, vraiment lis-le !
- J'y compte bien, répondis-je la gorge nouée.

Dès demain, une fois reposée, je me lancerai dans cette lecture qui me donnera de nouveaux indices sur ce que ressent Matisse tous les jours.

Je viens tout juste de rentrer chez moi, et je ne me suis jamais sentie aussi épuisée moralement. J'ai passé plus de cinq heures à vouloir réconforter Matisse, en vain. Comment aider une personne aussi malheureuse, sans avoir les armes qu'il faut pour ? J'étais à des années d'imaginer un jour me retrouver dans une telle situation. Je me sens tellement impuissante, j'aimerais pouvoir lui donner la possibilité de redevenir l'homme qu'il était autrefois, celui que j'admirais tant, étant enfant.

Une fois passé la porte d'entrée, mon cœur ne peut plus tenir et j'éclate en sanglot. Me laissant glisser contre le mur, je me retrouve assise sur le carrelage froid. J'ai peur, tellement peur qu'il ne remonte jamais la pente, qu'il se laisse glisser de plus en plus vers le fond, jusqu'à arriver à la pire des décisions.

XI

Matisse

Suite à la lecture du livre, j'ai compris et réalisé que je suis hypersensible. Je suis tombé de haut, ou je suis tombé une nouvelle fois.

Mon monde s'est écroulé, toute ma vie a défilé devant moi, tous mes souvenirs, toutes mes rencontres amicales ou professionnelles, mon comportement, mes réactions, mes décisions à différents moments de ma vie. J'ai tout compris, j'ai enfin découvert qui je suis, pourquoi je pense de telle façon, pourquoi je m'en suis toujours sorti, pourquoi je suis différent des autres. Parce que je suis hypersensible.

J'espère qu'à son tour Iris, lira le livre et comprendra qui je suis et ce que je ressens. Cette capacité à ne retenir que les bons moments, à faire en sorte de satisfaire au mieux la personne avec qui je vis, quitte à m'oublier moi-même. Cette aptitude à éviter les conflits avec Eva, pour avoir une vie calme, à m'éloigner malgré moi de ma famille et de mes amis d'enfance pour ne pas avoir de dispute avec elle.
J'ai compris que j'étais sous l'emprise d'une perverse narcissique, que j'étais vulnérable, je comprends tout maintenant.

Après le départ d'Iris, mon cerveau était en ébullition. Les réponses que j'attendais, ma sœur a pu me les apporter. Je n'étais donc pas fou. Mon instinct ne déconnait pas. Cela parait tellement fou et en même temps, tout coïncidait. Ses absences, ses mensonges… Bien sûr que cela fait partie de sa pathologie mais il y avait en plus un autre mec dans les parages. Et dire que mon remplaçant, a dix ans de moins que moi. J'ai été remplacé par un gamin. Je n'arrive pas à savoir ce qui est le plus douloureux dans tout ça. Que celle que j'aime soit tombée dans la drogue dure, d'avoir été trompé pendant plusieurs mois, ou que ma belle-fille, celle que j'ai élevée comme ma propre fille, soit au courant depuis le début que sa mère a une double vie. Difficile de savoir, entre les trahisons et la cocaïne.

Quelle mère met dans la confidence sa fille ? Comment Lola a pu vivre une situation pareille ? J'ai à la fois énormément de colère mais aussi de la peine, j'espère au plus profond de moi qu'elle a fait ça à contre-cœur et non pour me nuire aussi. Être sous le même toit que son beau-père, tout en détenant un si lourd secret, pour de si petites épaules. Ne serait-ce pas comme Eva ? La manipulation peut se transmettre dans les gênes, non ?

Ce matin au réveil, en regardant mon téléphone, j'ai découvert qu'Eva m'avait envoyé un message, tard dans la nuit. Après presque un mois de silence absolu, elle s'est décidée comme par hasard, juste après sa rencontre avec Iris dans ce bar, de m'écrire. Je ne crois pas au hasard. Elle est de retour parce qu'elle sait qu'Iris m'a tout raconté. Et j'imagine actuellement ce qu'elle ressent, même si ressentir est un grand mot pour elle, mais la colère doit la dévorer. Son véritable visage commence à être vu par d'autres personnes que moi et ça elle ne l'accepte pas.

Salut Matisse, est-ce qu'il serait possible que je passe à la maison récupérer des affaires ? Bisous

Elle continue de revenir. Je sais ses intentions, elle fait tout pour que je ne l'oublie pas. Eva ne l'accepterait pas. Je dois rester présent dans sa vie, je dois rester son objet.

« *Le pervers narcissique aime garder sous son coude sa victime.* »

Cette phrase est restée ancrée dans mon esprit dès que je l'ai entendue. C'est exactement ce que j'ai ressenti après son premier message. Elle veut garder une empreinte indélébile sur moi, rester dans mes pensées en permanence, si je passe à autre chose, cela serait un échec pour elle.

Je l'ai quittée, il y a plus d'un mois et Eva ne revient que maintenant pour récupérer quelques trucs sans importance ? Si elle avait tant voulu reprendre ses biens, elle serait venue bien avant et ne m'aurait en aucun cas rendu ses clés.

« *J'accepte la séparation.* » Ce sont les derniers mots que j'ai prononcés, mes yeux plongés dans les siens. Après un énième mensonge, une longue nuit à rouler sans s'arrêter, à enchaîner les cigarettes, je l'ai retrouvée au petit matin devant son immeuble. Eva était encore une fois entourée de nos anciens amis. Elle m'a une nouvelle fois laissé seul, seul avec mes doutes, avec ses mensonges. Je me demande encore comment je peux faire pour tenir debout, avec tout ce qu'elle me fait vivre. Avec le peu de courage qui me restait au fond de moi, j'ai attendu qu'elle se retrouve seule. Je suis descendu de ma voiture, j'ai marché jusqu'à elle, elle s'est retournée vers moi à la dernière seconde. Je ne lui ai pas demandé d'explication, je ne voulais pas savoir où elle avait passé la nuit, ni si elle avait osé consommer des cachets en plus de l'alcool. Toutes les réponses je les avais dans ses yeux. Des petits yeux bleus qui ne tenaient plus ouverts, il n'y avait pas que de la fatigue, il y avait plusieurs mélanges. Voyant Eva dans cet état, plus aucun sentiment n'était présent, son véritable visage venait d'éclore devant moi. Depuis tout ce temps, le déni m'avait aveuglé. Je me souviens encore de sa réaction en me découvrant devant elle, c'était une mauvaise surprise pour elle. Et ses larmes après lui avoir imposé ma décision. Sur le coup, je ne comprenais pas sa tristesse, elle s'attendait à ce que ça se termine comme ça entre nous. A force de me fuir, de fuir la maison, Eva savait très bien que je ne pourrais pas tenir longtemps dans cette situation. Alors pourquoi autant de chagrin ? Maintenant que je sais qui elle est réellement, notre rupture ne faisait pas partie de ses plans. Selon des spécialistes, les pervers narcissiques n'acceptent pas que leurs proies décident de partir d'elles-mêmes, c'est à eux et eux seuls, de mettre fin à une relation. Le fait que je prenne les devants l'a complètement chamboulée. Pour la première fois depuis

le début de notre relation, elle s'est excusée. Eva s'est excusée, je n'en revenais pas, mais ce n'était pas pour autant que j'allais faire machine arrière. Elle reconnaissait son comportement, elle voulait m'embrouiller, en cherchant des excuses.
- Je suis influencée par les autres, ce n'est pas moi tout ça.

Pourtant, c'est bien elle, que je voyais sourire de toutes ses dents, quelques minutes auparavant avec mes anciens amis. C'est bien elle, qui ne répondait à aucun de mes appels dans la nuit, Eva est consciente de ce qu'elle fait, du mal qu'elle me fait et elle en prend du plaisir. Elle n'est plus auprès de moi physiquement, alors ses messages sont un rappel de son existence.

Il ne faut pas que je reste à ruminer seul chez moi. Une tenue de sport enfilée, je me motive pour aller courir. La fraîcheur de cette fin de journée est un véritable plaisir. Je profite du calme pour prendre une grande bouffée d'air, avant de me lancer dans ma course. Une heure plus tard, je m'effondre dans mon canapé, l'un des rares meubles qui trônent dans mon séjour. Cet endroit-même de la maison, me fera toujours penser à une dispute en particulier. Je me souviens de chaque détail, comme si c'était hier.

- Dis-moi, ce que tu me reproches…
- Rien !
- On ne peut pas passer à autre chose si on ne s'explique pas Eva.
- Pour quoi faire ?
- Pour arranger notre couple, je veux bien faire des efforts, mais si tu ne me dis pas où j'ai fauté, ça va être compliqué.

Tout cela était parti d'un silence bien trop pesant de la part d'Eva, dès le réveil. Et je savais très bien ce que ça cachait à chaque fois. Eva aimait ce genre de situation, qui pouvait vite m'atteindre. J'avais beau me refaire la journée de la veille, je ne voyais pas où j'avais pu déconner. Elle restais muette, assise dans le canapé avec son téléphone entre les mains. Fixée sur son écran, Eva ne faisait pas attention à moi, encore moins à mes paroles.

- Eva ? Recommençais-je.

Toujours aucune réaction, seul son pouce bougeait, faisant défiler des vidéos toutes plus inutiles les unes que les autres. Sans même réfléchir à mon acte, j'attrapai son téléphone, ce qui la fit bondir du canapé.
- Tu me le rends tout de suite, hurla-t-elle.
- D'abord on arrange les choses en discutant calmement et ensuite je te le redonne, dis-je en douceur.

Je pensais naïvement, que ma décision de l'éloigner de ses réseaux était la bonne. Je souhaitais juste qu'elle m'accorde quelques minutes, que l'on s'explique sur peut-être un malentendu et qu'ensuite on profite de la journée. Mais rien ne se passa comme dans mon imagination. Le regard d'Eva était aussi noir que les cernes qui se dessinaient peu à peu à force de sortir et de manquer de sommeil.
- Tu te prends pour qui ?
- Eva...
- Je m'en fous de vouloir sauver notre couple, tu n'es rien, tu n'es personne et surtout, tu n'as pas à m'obliger à te parler.

Je ne sus quoi répondre. Ses paroles m'avaient une nouvelle fois, blessé et humilié. Je ne suis personne. Comment l'être qui dit vous aimer peut-il sortir de telles paroles ?

Eva fonça sur moi et essaya d'attraper son téléphone. Je levai simplement le bras, bien trop haut, pour elle qui fait vingt centimètres de moins que moi.

- Tu vas le regretter, Matisse.

Ma réponse n'eut pas le temps de sortir d'entre mes lèvres, que sa main atterrissait sur une de mes joues. Eva venait de lever la main sur moi. J'étais bouche bée, anéanti par la froideur de son geste. Mon bras s'était abaissé sans que je m'en rende compte et Eva récupéra son précieux, sans aucun remord.

- Je t'avais prévenu, dit-elle avec un petit rictus.

Eva alla se rasseoir à la même place sur le canapé. Tout en la suivant du regard, je déposai le dos de ma main fraîche sur ma joue, pour calmer la douleur du coup. C'était la première fois de ma vie qu'une personne osait me gifler. Même étant petit, fervent de bêtises en tout genre, mes parents n'ont jamais levé la main sur moi. Mon image d'homme fort venait d'en prendre un coup. Personne n'avait assisté à ce qu'il venait de se passer, Lola étant en vacances chez son père, ce qui arrivait rarement, mais pour le coup, au bon moment. Je me serais détesté de la savoir dans les parages. Eva, elle, était de nouveau plongée dans son écran, rigolant et pianotant pour échanger des messages.

Elle voulait me rendre mauvais, me pousser à bout. Mes poings serrés, je me retins de créer une nouvelle altercation. Je m'étais contenté de quitter les lieux sur le champ, me retrouvant seul à à peine dix heures du matin, une journée d'hiver.

Tous ces souvenirs ne me lâcheront donc jamais.

XII

Iris

Je me réveille doucement, après une nuit bien calme au travail. Tout en regardant l'écran de mon téléphone, je m'aperçois qu'il est déjà dix-sept heures. Je me lève d'un coup du lit, la journée est déjà bien trop avancée, je trouve cela étrange que James ne soit pas venu me sortir de mon sommeil. Je le découvre assis dans le séjour, sur le canapé, à jouer à la console. Je m'assois à ses côtés et regarde les images d'un combat sur l'écran de la télévision.

- Je comprends mieux que tu ne sois pas venu me réveiller, tu voulais être tranquille.
- Exactement, me répond-t-il avec un rictus.

Heureusement pour lui, nous avons le même humour et je suis très loin d'être susceptible.

James met sur pause son jeu vidéo et ouvre grand ses bras pour m'y accueillir. Je me blottis contre son torse et tout en écoutant son cœur battre, je fermais les yeux, pour profiter de ce doux moment, qui ne dura que quelques secondes.

- Il faut que je te montre quelque chose.

Avec lui, je peux m'attendre à tout. Je m'écarte de lui tout en lui demandant juste un petit instant, le temps d'aller me préparer un café bien chaud, histoire de m'aider à émerger.

- Je sais qu'hier soir, ils étaient à une soirée où j'étais censé me rendre…

Étant au travail cette nuit, cela m'étonne que James n'en ait pas profité pour sortir avec ses amis. Tout en m'installant de nouveau à la même place, il se rend compte de mon interrogation au regard que je lui lance.

- C'est la fin du mois, je sais très bien qu'après la soirée ils seraient tous sortis faire le tour des bars, et je n'ai clairement pas les moyens.

Un sourire se dessine sur mon visage, je connais sa manière de gérer son argent, cela m'étonne à peine.
- Mais du coup, il s'est passé quelque chose ?
- Eva et Louis étaient tous les deux sous l'emprise de drogue et d'alcool. Ils sont venus les mains vides et n'ont pas cessé de consommer tout ce qu'ils trouvaient.
- Il y avait de la drogue à cette soirée ?
- Oui, un des gars invités est un dealer, je me doutais que de la drogue circulerait…

Au même moment, il sort son téléphone de sa poches, le déverrouille et tapote sur l'écran pour accéder à un réseau social.
- Certaines personnes, qui étaient sur place ont postés des vidéos dans la nuit.

Même si la vidéo n'est pas de bonne qualité, avec la lumière tamisée de la pièce, je reconnais tout de suite Eva. Et puis son rire, je le reconnaitrais entre mille, même des années après. S'il y a bien un détail que je ne pouvais pas supporter chez elle quand nous étions amis, c'est bien son rire. Aussi faux et surjoué qu'elle. Je peux voir sur l'écran ses pupilles dilatées, c'en était flippant, cela se voyait qu'elle n'était pas consciente qu'elle était filmée.

J'ai l'impression de voir une inconnue, j'ai du mal à me dire que cette femme a fait partie de la vie de mon frère pendant autant de temps. Eva a partagé des moments avec nous, elle connaissait chacun des membres de notre famille. Lola s'est amusée avec les enfants de nos cousins, a vécu des premières fois, son premier tour de manège, sa première sortie au zoo, et tant d'autres. Comment peuvent-elles devenir des inconnues comme ça du jour au lendemain ? Et si demain, je croisais Lola dans la rue, est ce que je serais capable de l'éviter ? Ou n'aurais-je qu'une seule envie : courir pour la prendre dans mes bras ?

Je ne sais pas si je renseignerai Matisse de cette information, est ce que ça vaut vraiment la peine de lui montrer ce genre d'images ? Surtout qu'à certains moments elle embrasse Louis d'une manière très vulgaire. Matisse, n'a pas besoin de voir cela, en tout cas pour l'instant. Je sais que de voir Eva dans un tel état ne lui réchaufferait en rien le cœur.

Je relance en boucle la vidéo, qui ne restera que quelques heures encore visible par un grand nombre de personnes. Affalée dans le canapé, mon café froid entre les mains, je me retrouvais perdue dans mes pensées. Les images défilent sous mes pupilles et me perturbent inlassablement.

- Tu comptes passer la soirée devant cette vidéo ?

Je ne fis pas attention à la remarque de James, qui après quelques secondes d'attente, retourne jouer à son jeu vidéo. Au même moment, j'entends mon téléphone émettre une sonnerie dans la pièce d'à côté. Je tombe de haut, pour la seconde fois de la journée, en lisant le message que venait de m'envoyer Matisse.

« Eva m'a de nouveau envoyé un message hier soir »

Juste avant de débarquer à sa soirée en compagnie de Louis et de ses amis, elle s'est permise d'essayer de nouveau de prendre contact avec mon frère. Tout le reste de la soirée, je cherchais à comprendre ce qui a bien pu lui prendre de vouloir terminer dans un tel état. J'ai vraiment de la peine pour elle.

XIII

Matisse

La première question que je me pose chaque matin : pourquoi moi ? Pourquoi cela est tombé sur moi ? Qu'ai-je fait à l'univers pour subir une telle histoire ? Autant de questions qui resteront à jamais sans réponse. Même si je me décide à répondre à tous ses messages, même si je lui demande des explications en face, je sais que je n'aurais jamais la vérité. Eva m'a tellement menti que je n'arrive même plus à savoir quel est le vrai du faux dans notre histoire. Parfois, je me demande si elle n'a pas provoqué notre rencontre. Après tout, elle m'a connu grâce à une amie en commun, elle connaissait tout de moi avant que je sache son prénom. Eva s'était sûrement renseignée sur chaque détail de ma vie pour mieux m'apprivoiser, me séduire. Elle avait toutes les infos, pour me faire tomber dans ses filets. Et que se passe-t-il réellement dans sa tête pour avoir régressé en si peu de temps ? J'ai beau continuer de me renseigner sur sa pathologie, je n'arrive pas à tout comprendre. Et je sais que c'est justement ce que cherche un pervers narcissique, nous laisser constamment dans le flou.

Tous ces flashbacks qui me reviennent, comme des coups de poings en pleine face qui me mettent à terre. Et il m'en faut du temps à chaque fois, pour me relever. Telle une gueule de bois, un lendemain de soirée, je me retrouve l'esprit embrouillé, le corps endolori, sans vraiment savoir pourquoi. Le temps est long et je me dis que c'est ce qu'elle souhaitait, me mettre plus bas, m'épuiser, pour que je ne puisse jamais me relever de nouveau. J'ai l'impression que je ne pourrai plus jamais retomber amoureux, ne plus rien ressentir de positif, ne plus être attiré par une jolie femme. Les journées se rythment en fonction de mon moral : celles où je me sens à peu près bien, j'en profite pour m'occuper à la maison ou voir du monde, et celles où rien que sortir de mon lit est une épreuve et manger est un enfer, la communication est impossible. Je ne souhaiterais même pas à mon pire ennemi, ce que je vis en ce moment. Rencontrer un pervers narcissique est comme faire rentrer le diable dans sa vie. Il cause le trouble, fait en sorte que l'on se remette en question sans cesse, nous fait souffrir. Pourtant au début de notre relation c'était la lune de miel, Eva était parfaite. Elle flattait sans arrêt mon égo, partageait mes envies. Puis au fil des jours, son masque tombait, je perdais mon libre arbitre, sans en être conscient. Et le pire dans tout ça, c'est que je ne peux m'empêcher de me faire un sang d'encre pour elle. Qu'elle sera la suite pour Eva ? Après les drogues douces, l'alcool, maintenant la cocaïne...

Elle ne prendra jamais conscience de ses erreurs, elle en est incapable.

Comment puis-je avoir de la peine pour elle ? L'emprise est encore là, malgré moi. Mon syndrome du sauveur ne peut pas disparaitre comme cela, comme mes sentiments. Contrairement à Eva, je ne peux pas balayer six ans de vie.

Hier encore, un flashback a atterri dans mon esprit sans que je sache pourquoi au début mais par la suite j'ai compris. Notre premier rendez-vous seul à seul, s'était déroulé dans un parc qui se trouve entre chez Iris et ma maison. Longer ce lieu a ravivé ce souvenir. C'était il y a six ans, mais je m'en souviens comme si c'était hier. Nous nous parlions depuis quelques jours sur un réseau social, après qu'elle ait trouvé mon profil, Eva m'avait envoyé un message et par la suite nous ne nous sommes jamais quittés. Réseaux social que j'ai rapidement supprimé par la suite, ne comprenant pas l'intérêt de cet univers. C'était un dimanche après-midi d'automne, je l'avais rejointe sur un banc, elle avait réussi à confier la petite Lola à ses parents pour que nous ne soyons vraiment que tous les deux. Un moment hors du temps, que je n'aurais jamais cru vivre un jour. Moi qui n'étais pas du genre à être romantique et attentionné, je suis tombé dans le cliché de l'homme idéal en un rien de temps. Et là était déjà toute la subtilité d'Eva, ce n'est pas qu'elle me le demandait, mais elle me valorisait tellement, je l'a trouvait vraiment courageuse, entre sa séparation et sa grossesse arrivée très jeune, que mon cœur a fondu pour elle et je voulais être le meilleur pour être à sa hauteur. Une femme qui devient maman célibataire aussi jeune ne peut qu'être d'une maturité hors pair... J'ai vite déchanté en vivant sous le même toit qu'Eva et Lola. Devant sa famille ou la mienne, elle jouait son rôle de petite maman parfaite, mais entre nos murs c'était tout autre... Lola qui n'avait que trois ans quand elle est rentrée dans ma vie, me faisait parfois de la peine. Son teint était encore plus pâle que celui d'Eva, son visage paraissait tellement triste par moment, encore plus quand je passais devant sa chambre et que je la voyais jouer seule avec ses poupées ou ses jeux de construction. Quand je voulais entamer une discussion à propos de sa fille, Eva m'ignorait ou me répondait d'un simple *« Lola comprend, que je suis fatiguée »*. Moi, c'est vrai, je ne comprenais rien. Juste une petite phrase comme celle-ci peut remettre en question beaucoup de choses.

Suis-je insensible ? Est-ce que je ne l'aide pas assez avec Lola ?

Au fil du temps, j'ai commencé à considérer Lola comme ma propre fille. Moi qui n'avais jamais voulu devenir père, tout a bien changé. Je faisais en sorte de terminer tôt le soir pour venir chercher la petite à l'école, éviter qu'elle reste à la garderie et d'être plus fatiguée. Nos moments seuls le soir avant l'arrivée d'Eva nous ont rapprochés. J'essayais d'être inventif avec elle, d'enrichir son vocabulaire, elle m'impressionnait parfois par sa façon de réfléchir.

Lola me manque, même si je ressens beaucoup de colère envers elle, je ne peux pas lui en vouloir complètement de m'avoir menti. La porte de sa chambre est restée fermée depuis la dernière fois qu'elle est venue dormir ici, lors d'un week-end que nous avions passé tous les trois, le dernier avant la séparation.

J'ai besoin de sortir de mes pensées. Il faut que je me défoule, que j'extériorise cette colère qui gronde en moi. Je me sens comme un lion en cage, je tourne en rond dans la maison. J'enfile une paire de baskets, mets mes écouteurs avec une bonne musique et sors de chez moi, près à courir aussi longtemps qu'il le faudra.

Quelques heures plus tard, je rentre essoufflé, j'ai parcouru une route de campagne qui se trouve à la sortie de la ville. Après avoir couru une bonne demi-heure, j'ai voulu continuer de profiter de la bonne atmosphère de la campagne en me baladant un moment. De retour à la maison, j'en profite pour récupérer le courrier dans la boîte aux lettres que j'ai délaissée depuis un bon moment. Je jette un coup d'œil sur chaque enveloppe blanche : ce sont soit des factures soit de la publicité, bien évidemment. Mais c'est le dernier courrier qui m'intrigue, surtout qu'il est au nom d'Eva. Mon cœur s'accélère en voyant son nom écrit. Cela fait bien un moment qu'elle n'avait pas reçu une lettre à la maison. Je dépose la paperasse sur la table du séjour avant d'aller dans la cuisine pour me rafraîchir. Une bouteille d'eau m'attendait dans le réfrigérateur. L'enveloppe à destination d'Eva attisait ma curiosité, je ne la lâchais pas du regard, à quelques centimètres de moi.

- Après tout, elle n'en saura rien, me dis-je à voix haute.

C'était plus fort que moi, je devais savoir, même s'il n'y avait sûrement rien d'important à l'intérieur. Je déchire d'une traite le dessus de l'enveloppe à l'aide d'un couteau récupéré dans un tiroir et ne perds pas de temps pour lire chaque ligne. Je n'arrivais pas à en croire mes yeux, je savais qu'elle était tombée très bas, mais alors là, j'étais encore loin du compte. Le courrier indique qu'Eva est dorénavant interdite bancaire. Elle doit rendre au plus vite ses chéquiers à la banque. Une main sur le visage, je suis à bout de souffle, il ne manquait plus que ça. Comment va-t-elle faire pour subvenir aux besoins de Lola ? Payer le loyer de son appartement ? Et en même temps, en y repensant, ce verdict était sûr. Comment pouvait-elle acheter autant sans se mettre dans le rouge à la fin du mois. Entre les courses pour nous, son appartement qu'elle continuait de payer en secret, ses sorties shopping, ses soirées alcoolisées et maintenant avec de la drogue. Eva n'a jamais eu un salaire assez élevé pour prendre en charges autant de dépenses. Mais elle s'est toujours crue au-dessus de tout, inattaquable, dans sa tête rien ne pouvait la faire tomber et elle avait encore et toujours ce besoin de montrer qu'elle avait un meilleur train de vie que son entourage. Aujourd'hui elle le paye, si j'ose dire. Et de savoir que son égo peut être touché avec cette annonce ne me procure aucun plaisir. J'ai pourtant dans les mains une nouvelle preuve de sa descente aux enfers, mais je ne suis pas elle, je n'arrive pas à être heureux du malheur d'autrui. Dans la minute qui suit, j'attrape mon téléphone et préviens Iris de ma découverte. À l'autre bout du fil, je l'entends me dire.

« Elle continue de sombrer, tu vois, tu n'as absolument rien perdu en la quittant. »

Et je sais qu'elle a raison. Mais j'ai perdu tellement de temps et de force dans cette histoire, qu'il va me falloir encore des jours, des semaines et peut-être même des mois, pour reprendre une vie normale.

XIV

Iris

Aujourd'hui, c'est mon anniversaire. Les retrouvailles avec Matisse ont tellement absorbé mes pensées, que j'aurais presque oublié mes vingt-six ans. Ce sont mes collègues qui m'ont rappelé à l'ordre avec une petite surprise. À minuit pile, un joli gâteau avec quelques bougies dessus m'attendait en salle de repos. Cela m'a tellement touchée, que des larmes ont perlé malgré moi sur mes joues. Nous avons eu la chance de ne pas être appelés par une de nos personnes âgées et avons pu nous accorder un petit moment pour déguster le gâteau.

À la sortie de la maison de retraite, je jette un œil à mon téléphone qui se trouvait enfoui tout au fond de mon sac à main : un message de Matisse me proposant de m'inviter dans le restaurant de mon choix. Si un jour on m'avait dit que je fêterais de nouveau mon anniversaire avec mon grand frère, je ne l'aurais pas cru. Et cela me procurera la même sensation à chaque évènement de l'année.

En rentrant à l'intérieur de ma maison, je suis tout de suite surprise par les odeurs. Je m'avance vers le séjour où j'y découvre une table remplie de belles choses à manger. Des viennoiseries, du pain tout chaud, bien évidemment du café, du jus d'orange...

- Bon anniversaire ma douce.

James apparait derrière moi, tout droit sorti de la chambre avec un bouquet de fleurs. Mon cœur fond face à tant d'attentions. Je me rapproche de lui afin de l'embrasser.

- Merci pour cette attention.

Mon sourire ne me quitte plus. James a un peu plus d'une heure devant lui avant de commencer sa journée de travail. Ce sont les petits moments privilégiés comme celui-ci qui me font le plus plaisir.

Après avoir partagé ce merveilleux petit déjeuner, je m'octroie une petite sieste avant l'arrivée de Matisse.

Une petite heure plus tard, me voilà dans la salle de bain avec un café tout chaud, au milieu de mes produits de beauté. Mon frère ne devrait pas tarder à arriver à la maison pour que l'on aille déjeuner tous les deux en ville. J'essaie de me réveiller du mieux possible, après seulement trente minutes de sieste en guise de nuit de sommeil. Heureusement pour moi, je ne reprends pas le travail tout de suite.

J'entends frapper à la porte d'entrée, me retrouvant seule dans la maison, je m'empresse d'aller ouvrir la porte d'entrée pour accueillir Matisse.

- Bon anniversaire petite sœur, me dit-il de son plus beau sourire.

Son regard est pétillant, il est beau à voir. Il me prend dans ses bras, je lui glisse un merci au même moment.

- Comment tu vas ? Lui demandais-je.
- Aujourd'hui ça va.

Sa réponse me convient, je sais que ça représente déjà beaucoup pour lui d'aller juste bien. Je le laisse s'installer tranquillement dans le canapé, le temps que je puisse terminer de me préparer.

- Tu as une idée du restaurant où tu souhaites aller ?

Nous sommes maintenant dans le centre-ville, après quelques minutes de marche, pour nous ouvrir l'appétit.
- Tu aimes la nourriture italienne ?
- Bien sûr.

Je lui fis un signe de main pour lui faire comprendre qu'il devait me suivre. Ce restaurant est pour moi le meilleur de la ville. Au vue du beau temps, je propose à Matisse de nous y rendre à pied. Une bonne balade d'au moins trente minutes, de quoi bien nous ouvrir l'appétit. Nous en profitons même pour discuter, je ne peux m'empêcher de m'inquiéter de sa santé mentale et de sa situation financière. Eva est toujours autant pré-

168

sente dans ses pensées, dans les miennes aussi, mais ce n'est en aucun cas comparable.

Nous nous installons à la terrasse du petit restaurant que j'affectionne particulièrement. Cette décoration très italienne me donne du baume au cœur comme à chacun de mes passages. Assis face à face à une petite table carrée, la terrasse est assez calme, ce qui n'est pas plus mal pour Matisse et moi. Nous récupérons chacun notre tour la carte du restaurant donnée par un serveur. Même si je sais déjà ce que je souhaite commander, je survole le menu pour laisser le temps à Matisse de découvrir les bons plats proposés.

- J'ai fait estimer la maison, annonça-t-il de but en blanc.
- Quoi ?

Tout en baissant la carte de mon visage, je lui fis face, perturbée par ce qu'il venait de m'annoncer.

- Il faut que je change de vie, que je recommence à zéro même. Et pour moi, ça doit commencer par revendre la maison que nous avions achetée ensemble.

Il y a quelques temps, il m'a raconté lors d'une soirée comment ils avaient tous les deux eu un coup de cœur pour leur maison. Pendant des années Eva lui a fait croire monts et merveilles. Matisse, lui, rêvait d'avoir son propre chez-soi où il serait libre de faire ce qu'il souhaite. En passant du temps avec Lola, une envie d'agrandir la famille prenait peu à peu place en lui. Eva lui répondait qu'elle voulait la même chose que lui, à chacun de ses projets. Mais aucun acte ne suivait par la suite.

- Je ne supporte plus d'y vivre, je n'ai plus l'envie d'embellir la maison, j'ai vraiment besoin de m'en débarrasser.
- Si c'est ce que tu souhaites, lâchais-je

Je comprends son point de vue. Même si cela me déchire le cœur qu'il en arrive là. Mais je préfère qu'il recommence tout à zéro, plutôt qu'il s'acharne à payer une maison beaucoup trop chère pour ses moyens actuels.

- La seule chose qui me dérange vraiment dans cette histoire, c'est qu'elle va récupérer sa part, alors qu'elle ne s'est jamais vraiment investie, ni financièrement ni physiquement.

Il marque une pause pour pouvoir faire passer cette boule de chagrin qui grossissait dans sa gorge.

- Mais surtout, elle va savoir que la maison est vendue et ça me ronge de me dire que ça va être une victoire de plus pour elle. Elle m'aura tout pris, jusqu'au bout, ma vie sociale, mon énergie, ma soif d'apprendre, mes projets...

J'attrape sa main et soutiens son regard.

- Pense à ton voyage, regarde, elle ne t'a pas tout pris, tu en connais beaucoup qui ont le courage de partir seul dans un pays étranger ? Moi non. Je sais que j'en serai totalement incapable, alors je t'admire pour cette décision. Ne pense pas à elle, ni à ton passé. Toi, tu as encore pleins de belles aventures à vivre, elle non. On sait tous les deux qu'Eva est foutue, elle s'est mise toute seule dans une situation dont elle ne saura pas se défaire. Toi, c'est juste une passade, je le sais et toi aussi au fond. Je mets même ma main à couper que l'année prochaine, à cette même date, toute cette histoire ne sera que futilité à tes yeux.

D'ici quelques jours, Matisse s'envolera à l'étranger histoire de prendre un peu de vacances. Ayant eu des cadeaux de Noël et d'anniversaire à rattraper, nous avons décidé de lui offrir ses billets d'avion, lui de son côté s'occupait du logement. Matisse a vraiment besoin de partir loin un petit moment, de fuir une routine beaucoup trop toxique et de découvrir de nouveaux paysages et de nouvelles personnes. C'est en quelque sorte le début d'une thérapie.

Au même moment, le serveur se rapproche de notre table pour y déposer nos deux plats.
- Bon appétit.
Nous le remercions, tout en humant l'odeur qui ressort de nos assiettes.
- Une pizza et mon grand frère, quoi de mieux pour mon anniversaire ?
- Pas très sympa pour ton copain, me répond Matisse avec un petit rictus.

Nous nous mettons à rire, avant de s'attaquer à nos énormes pizzas. Le repas terminé, je remercie une nouvelle fois Matisse pour ce merveilleux moment.

C'est le ventre rempli, que nous décidons de prolonger notre journée par une petite balade à travers la ville. Il n'y a rien de mieux que de marcher et de prendre l'air frais pour nous donner l'envie d'extérioriser. Et je sens que Matisse en a bien besoin.

Assis tous les deux sur un banc longeant les quais, nous reprenons notre souffle après avoir parlé et marché pendant plus de deux heures. Matisse lui, a le regard perdu sur la rivière qui se trouvait devant nous. Moi, je le regardais, essayant d'imaginer ce qu'il se passe dans sa tête.
- Au fait, on n'en a jamais reparlé mais j'ai bien lu le livre sur les hypersensibles…
- Alors ? Me demande-t-il tout en avalant une nouvelle bouffée de fumée.

- Je ne pensais pas que cela pouvait être aussi compliqué pour toi. Tu ne montrais rien quand nous étions plus jeunes...
- J'essayais de cacher comme je pouvais ce que je ressentais, ce qu'il pouvait parfois se passer dans ma tête, c'était tellement lourd par moment, que je me sentais bien uniquement quand je me retrouvais seul.
- Et l'anxiété ?
- Elle était là aussi, je pense que c'est pour cela que j'ai commencé à boire de temps en temps, cela, comment pourrais-je dire... « adoucissait » la stimulation dans mon esprit le temps de quelques heures...

Je continue de l'écouter me raconter certaines de ses anecdotes, tout en profitant de la chaleur du soleil. Matisse me raconte cela avec apaisement, maintenant qu'il a le sport dans sa vie ainsi que la lecture, il a les clés pour calmer son anxiété. Je ne peux qu'être fière de lui. J'étais loin d'imaginer que son enfance était rythmé par la plupart des symptômes que j'ai découvert il y a quelques jours. L'hypersensibilité est autant vue comme un fardeau que comme un cadeau. Et comme pour les témoignages des victimes de pervers narcissique, je continuerai de lire et d'écouter ce qu'il faut pour accompagner au mieux Matisse.

J'ai vécu le meilleur anniversaire de ma vie, même si mon grand frère n'est pas dans son meilleur état, il est là. Il est de retour et je ne pouvais pas rêver mieux comme cadeau. Après tant d'années à me demander ce qu'il pouvait bien se passer dans sa tête pour avoir autant changé, aujourd'hui j'ai les réponses à toutes mes questions, je me sens bien plus légère, plus apaisée. J'ai hâte de découvrir la suite, tant pour moi que pour Matisse. J'ai hâte de le voir réellement heureux, de le voir cohabiter avec son hypersensibilité, qu'il rencontre une nouvelle femme qui sera la personne parfaite pour lui. Qu'il se trouve un nouveau foyer, un nouveau travail pour se créer de nouveaux liens. Mais surtout qu'il reprenne confiance en lui, que cette honte de s'être fait avoir disparaisse pour toujours, car même si je lui répète sans cesse, elle n'a pas lieu d'exister. N'importe qui peut tomber amoureux de la mau-

175

vaise personne. N'importe qui peut être aveuglé par ses sentiments. N'importe qui peut, une fois la relation terminée, se demander *pourquoi ne suis-je pas parti plus tôt ?*

Le plus important c'est d'être parti. D'avoir quitté une situation qui détruit à petit feu. Le plus important c'est de bien s'entourer par la suite et faire son possible pour se reconstruire. Le plus important, c'est de se sentir aimé, il n'y a rien de mieux pour redonner la force qui a disparu.

XV

Iris

« N'oublie pas de venir me chercher à la gare tout à l'heure »

J'ai passé quelques jours de vacances en Bretagne, j'avais besoin de voir la mer, de me reposer, après tout ce qu'il s'est passé. James est censé venir me récupérer à la gare, à mon arrivé. Connaissant sa mémoire, je préfère lui rappeler mon retour.

La sœur de ma maman y vit avec son mari depuis plusieurs années. Un petit coin assez perdu en dehors des vacances d'été, là où le tourisme envahit la vie des quelques centaines d'habitants.

Des journées remplies par des balades au bord de mer et des moments, à me prélasser sur la plage. Je n'en ai pas pour autant oublié de prendre des nouvelles de Matisse et James, afin de m'assurer que tout allait bien.

À bord du train, je prends place et sort un livre de poche acheté à la gare, rien de tel pour m'occuper pendant les trois heures de trajet. Le wagon est très peu rempli en ce vendredi après-midi. La voix au micro qui nous annonce l'arrêt de ma ville d'ici quelques minutes, me coupe en pleine lecture. Je range le bouquin dans mon sac à main et me lève pour aller récupérer ma valise. Je me dépêche, afin d'être la première à la porte du wagon. Je sors le plus vite possible pour rejoindre James qui m'a terriblement manqué, bien que je sois partie seulement une semaine.

James se trouve à la sortie de la gare, téléphone à la main, je ralentis le pas, limite déçue qu'il ne soit pas à ma recherche. J'aurais aimé le voir impatient de me retrouver. En me rapprochant, il ne s'aperçoit pas de ma présence, trop occupé à rire avec je ne sais qui à l'autre bout du fil.

- James.

Il sursaute à l'entente de ma voix, sortie bien plus forte que je ne l'aurais cru. Il lance un « *je te rappelle* », avant de me prendre dans ses bras. Les retrouvailles n'ont pas la même saveur, que ce que je m'étais imaginé. Parfois, je me sens un peu délaissée, ou est-ce parce que j'en demande trop, je ne sais pas. Je mets de côté cette pensée et me blottis dans ses bras. James empoigna ma valise et nous rentrons tranquillement à la maison, tout en lui racontant mes journées de vacances.

Pour mon retour à la maison, après une semaine loin l'un de l'autre, j'ai proposé à James de faire un tour dans un petit festival. La fête se déroule non loin de chez nous, un artiste que j'aime beaucoup s'y produit. Par un soir d'été, rien de mieux qu'un concert en plein air.

Arrivés sur place, nous explorons les lieux, le festival se déroule dans un champ, des petites lumières sont installées un peu partout et des stands de nourritures et de boissons sont installés pour l'occasion.

Alors que James est parti nous acheter deux boissons alcoolisées, j'en profite pour me rapprocher de la scène et augmenter mes chances de pouvoir voir les artistes le plus près possible.

James me retrouva dans la foule, qui se fait encore timide.
- Je viens de voir Eva et mon pote.
Moi qui avais mis toute cette histoire de côté, en tout cas pour ce soir, il fallait que je la sache au même endroit que moi. Je me mets sur la pointe des pieds pour tenter de les apercevoir.
- Ils sont au bar, tu ne les verras pas d'ici, me lance James.
Au même instant, il me tend un gobelet transparent rempli de bière. Je prends une petite gorgée, la voix de l'artiste se fait enfin entendre dans les enceintes. Je mets de côté la présence d'Eva qui se trouve à quelques mètres de nous et me laisse bercer par la musique. Une fois l'artiste arrivé, mon côté fanatique ressort et tout ce qu'il se passe autour de moi m'est complètement égal. Je m'éclate sur les musiques que je connais par

cœur, filme par moment, pour garder des souvenirs que je partagerais sûrement sur les réseaux sociaux plus tard.

Après une bonne heure et demie, le premier artiste quitte la scène, je profite des quelques minutes d'entracte pour me diriger vers les toilettes. Je confie mon gobelet en plastique vide à James et me retourne, je trouve tout de suite ma destination en voyant la file d'attente.

Encore deux personnes et je pourrai enfin vider ma vessie, cela fait au moins quinze minutes que j'attends mon tour. Les organisateurs du festival auraient pu investir dans un peu plus qu'une seule toilette sèche pour tout ce monde. Après m'être enfin soulagée, je m'éloigne de la file d'attente qui se trouve encore bien étendue.

Le soleil commence à se coucher, se cachant dans les arbres, j'admire la scène tout en me faufilant entre les personnes qui attendent que la musique revienne. En relevant une nouvelle fois les yeux sur le magnifique paysage, j'aperçois au loin deux personnes assises à une table de pique-nique, à l'écart de la foule. Je reconnais tout de suite Eva et Louis, ils étaient tous les deux hilares, je pouvais entendre son satané rire dans ma tête. Eva tenait dans l'une de ses mains son téléphone dont elle avait allumé le flash, son copain, lui, avait la tête penché sur la table en bois. Eva fit de même, avant de confier le téléphone à Louis. La voyant se boucher une narine, je compris de suite ce qui se produisait. Comment pouvaient-ils consommer de la drogue, à la vue de tout le monde ? Même avec la pénombre, n'importe qui pouvait poser le regard sur eux, comme moi actuellement. Seul leur petit plaisir comptait pour eux, le reste était le cadet de leur soucis. Même si j'étais consciente de son addiction depuis plusieurs semaines maintenant, voir cela de mes propres yeux m'ébranlait.

Je reprends mon chemin pour rejoindre James, seul au milieu de la foule, je le reconnais de suite dans la pénombre. Cigarette allumée dans une main, son gobelet à moitié vide dans l'autre, il profite de la voix du nouvel artiste qui occupe la scène. La fraîcheur de la nuit commençait à s'installer. Je me blottis dans les bras de mon copain, tout en faisant attention à ne pas me brûler avec les cendres. Je garde pour moi cette scène d'Eva qui tourne en rond dans ma tête. Quel serait l'intérêt maintenant de divulguer ce que je venais de voir. Eva a décidé de couler, et on ne peut rien faire pour elle. Même si sa pathologie ne se guérit pas, cela reste dommage de voir une personne qui a compté pour nous tomber aussi bas.

De savoir que Matisse est plus apaisé aujourd'hui me réjouit, il a besoin de se reconstruire. Et je sais que de lui parler d'Eva sans cesse ne l'aidera pas dans son cheminement.

Nous profitons encore quelques minutes du concert avant de rentrer chez nous. Heureusement, nous ne croisons pas Eva et Louis sur notre route vers la sortie du festival. Arrivé dans la voiture, installé au volant, James met un certain temps avant de mettre le moteur en route.

- Iris ?

Je tourne mon regard vers lui, après un petit sursaut.

- Tu es encore dans les nuages...
- Excuse-moi, je suis fatiguée, répondis-je.

James me remet une mèche de cheveux derrière l'oreille, avant d'allumer le contact. Je le sais compréhensif, avec tout ce qu'il se passe avec Matisse, je sais à quel point j'ai pu mettre notre vie de couple de côté. Mais bientôt tout ira mieux, je le sais, j'y crois.

Ma tête collée contre la vitre froide de la voiture, la ville est plongée dans la pénombre, seuls les lumières des lampadaires apparaissent dans mon champ de vision.

On ne réalise jamais à quel point, le retour d'une personne aimée dans notre vie peux être un chamboulement. Et le mot chamboulement est encore bien faible, face à ce que je ressens. J'avais tellement exclu le fait d'avoir un grand frère, qu'imaginer d'éventuelles retrouvailles étaient complètement enfoui en moi.

Les phrases d'Eva à propos de mon frère tournent en rond dans ma tête. Sa voix dans mes pensées m'horripile au plus haut point. Je repense aux jours qui ont suivi ma dernière conversation avec Matisse, avant son absence de plusieurs années. Cela m'avait déjà bien brisé le cœur, nous qui avions toujours pleins de discussions. Par la suite, il est devenu silencieux, ce qui a été terrible, tant pour moi que pour mes parents. J'osais à peine leur rendre visite, par peur de les voir au plus mal, eux aussi rêvaient d'explications, face à cette absence. Nous avons cru au pire, par moment, pensant qu'il lui était arrivé un accident. J'ai même pensé que Matisse avait honte de nous, que nous n'étions pas assez bien ou cultivé pour lui. L'imagination est débordante quand les réponses sont absentes.

J'étais à des années-lumière de croire que mon grand frère, cet homme si fort, avec autant de prestance, était victime de manipulation. Lui qui avait le regard qui pétillait dès qu'Eva était dans les parages, lui qui était si fier de présenter sa compagne à qui bon lui semblait. Il aimait être au bras d'une femme avec une beauté incomparable aux autres, qui plus est, son courage lui rajoutait encore plus de charme. Et personne ne pouvait en vouloir à Matisse, quel homme ne fanfaronnerait pas, avec une femme frôlant la perfection en public. Tout le monde tomberait de haut, aujourd'hui, en apprenant le véritable visage d'Eva. En sachant que peu d'entre nous, sur cette terre, sommes conscient que les hommes peuvent aussi être victimes d'une perverse narcissique.

J'en ai enchaîné des podcast, des vidéos, films et j'en passe, pour comprendre au mieux le cheminement de l'emprise. Cela a été affreux d'entendre autant de souffrance, j'ai même dû parfois faire des pauses en regardant des séries à l'eau de rose, histoire de ne pas perdre foi en l'amour. Cela devenait trop obsessionnel pour moi, tous ces témoignages poignants. Je me suis même mise à faire des cauchemars, me retrouvant moi en perverse narcissique et James en victime.

Matisse a compris qui il était enfin, quand il a su pour son hypersensibilité. Savoir qui nous sommes n'est pas donné à tout le monde. Pendant des années, beaucoup d'entre nous sont à la poursuite de leur personnalité. D'autres préfèrent ne pas perdre de temps avec cela, et vivent comme des robots.

Même s'il lui aura fallu trente-quatre ans et toucher le fond, aujourd'hui il peut être capable de tout. L'avantage quand on est au fond du trou, c'est qu'on ne peut que remonter.

Matisse, lui, ne rêvait que d'amour, d'une vie simple, de projets, de voyages... Il ne demandait pas la Lune et pourtant, il est tombé de très haut. Le temps seulement lui redonnera de l'espoir. Il a peut-être perdu celle qu'il aimait, mais il a retrouvé sa famille. Et il n'y a rien de plus pur que l'amour de sa famille.

XVI

Matisse

Nous y sommes, je tiens entre les mains le dernier carton contenant des affaires qui ne me seront pas utiles pour le voyage. Je m'apprête à vivre une aventure que je sais, me marquera pour le restant de ma vie. Je regarde la façade de la maison dans laquelle j'ai vécu pendant plusieurs années. Aujourd'hui, elle n'est plus mienne. Ma vie a pris un tournant totalement différent de ce que j'aurais pu imaginer, il y a encore un mois. En tout cas, l'univers m'a bien mis à l'épreuve, même s'il y a encore des moments compliqués où je dois solliciter une personne de mon entourage pour m'aider, je sais que c'est juste une passade.

Je dépose le carton dans le coffre de la voiture de mes parents, avant d'aller faire un dernier tour dans la maison pour vérifier que rien n'a été oublié. Le peu de meubles est stocké dans les garages de mes amis et de mes parents. Ma voiture restera chez Iris, dans son jardin, en attendant mon retour. Tout ce qui m'appartient encore est éparpillé dans différentes maisons. Ce n'est pas cette vie-là que je me voyais vivre à trente-quatre ans. C'était comme si j'avais toute une vie à recommencer. Retrouver un logement, un travail, une estime de moi-même, me refaire petit à petit une vie sociale…

Je joue avec la clé entre les doigts, tout en tournant en rond au milieu du séjour. Le silence est trop lourd, moi qui ai été habitué à entendre la musique d'Eva ou les rires de Lola, après leur départ, je l'ai comblé avec le son de la télévision qui restait en route non-stop.

Un mélange de tristesse et de fierté s'empare de moi. La maison où je me voyais finir ma vie, entouré d'Eva, de Lola et peut-être d'autres enfants, est maintenant vide. Le peu de souvenirs créés à l'intérieur, y resteront enfermés. Cela me déchire le cœur, mais je ne peux pas continuer à me consumer à petit feu. Je dois penser à moi, ma santé mentale, je veux m'en sortir, et laisser derrière moi cette maison est ce qu'il y a de mieux.

En voyant mes parents et Iris m'attendre sur le trottoir, je me dis que la famille que j'ai imaginée ne vaut rien, par rapport à la famille que j'ai déjà.

Je confie la clé à ma mère, le futur propriétaire est prévenu qu'il pourra venir la récupérer chez mes parents dès que possible. Mon vol pour l'Irlande est dans quatre heures, Iris s'est proposée pour m'accompagner jusqu'à l'aéroport.

- Merci pour tout.

Je leur serai éternellement reconnaissant, de m'avoir autant soutenu, avec tous les témoignages que j'ai pu entendre, que la plupart des victimes se sont retrouvées esseulées après le passage du pervers narcissique dans leur vie. Alors je me sais chanceux, de ne pas avoir combattu seul.

Je jette un dernier coup d'œil à l'intérieur de ma valise, histoire d'être sûr d'avoir tout ce qu'il faut pour un mois à l'étranger. Cela a été compliqué de ranger mes affaires dans des cartons et à côté de ça, remplir une valise pour partir en voyage.

J'ai choisi l'Irlande, après avoir regardé un énième reportage sur les pays qui composent l'Europe. J'ai eu un coup de cœur pour les paysages et la mentalité irlandaise. Deux jours après, Iris et mes parents étaient au courant que je souhaitais m'évader, loin de tout ce qui pouvait me rappeler Eva. Loin de mon quotidien. J'ai besoin de respirer, d'entendre une autre langue, que mes pensées soient occupées. Partir seul en voyage est une aventure qui m'a toujours tenté, mais que je n'ai jamais pris le temps de faire. Il aura fallu que je me retrouve au fond du trou, pour me motiver, pour sortir de ma zone de confort.

- C'est parti ?

Iris m'attend, son corps déjà à moitié dans la voiture, une main sur le front pour protéger au mieux ses yeux du soleil. J'enlace d'abord ma mère, puis mon père.

- Profite bien, et envoie nous des photos !

Ils y sont allés il y a plusieurs années, ma mère a même ressorti un de ses albums de voyages, pour me conseiller des lieux qu'ils ont adorés. Une boule réapparait dans mon ventre, je ressens de nouveau un stress. Ce stress de me dire que d'ici quelques heures, une nouvelle aventure s'ouvre à moi. Et surtout, je ne pourrai compter que sur moi, pour m'en sortir en cas de problème.

Je dépose ma valise sur la banquette arrière et m'installe sur le siège passager, à côté de ma sœur. Sa voiture ainsi que celle de nos parents se suivent, s'éloignant peu à peu de ce qui fut ma maison. Un dernier regard dans le rétroviseur, la façade n'est plus dans mon champ de vision, je n'ai plus de chez moi.

- Tout va bien se passer.

Les paroles d'Iris m'apaisent mais ne font pas pour autant disparaitre ma nervosité. Je prends sur moi, en jouant avec mes mains moites, j'admire le paysage passant à la vitesse de l'éclair.

Sur l'autoroute, le beau temps est au rendez-vous. Nous sommes à deux heures de l'aéroport seulement. Nous passons le plus clair de notre temps en voiture à discuter. J'explique à Iris les lieux que j'aimerais absolument visiter comme les falaises de Moher, me balader dans les vallées de verdure à perte de vue, prendre la température des rues de Dublin... Et surtout me laisser guider au jour le jour, me laisser surprendre par ce que l'Irlande a de plus beau.

Après un long moment bloqué à quelques mètres du guichet pour prendre un ticket afin d'accéder au parking, nous y voici. Le moteur éteint, je descends directement sans piper un mot. Je sors de ma poche un paquet de cigarettes tout neuf et m'en allume une. Iris fait le tour de la voiture pour venir s'adosser contre la carrosserie avec moi. Tous les deux silencieux, nous regardons les voyageurs sur le parking qui se dépêchent de rentrer dans le hall de l'aéroport.
- Tu n'oublieras pas de nous appeler de temps en temps.

J'acquiesce tout en relâchant de la fumée d'entre mes lèvres.

- Et tu nous enverras des photos aussi, qu'on voyage un peu avec toi, continue Iris.

Comme promis, j'ai créé un groupe WhatsApp avec Iris et mes parents, afin qu'ils suivent mon aventure irlandaise. Je jette mon mégot dans la poubelle la plus proche et récupère la valise dans le coffre avant de la déposer à mes pieds, afin de dire au revoir convenablement à ma petite sœur.

- Merci pour tout, dis-je à Iris en me rapprochant d'elle.

Je la prends dans mes bras, dépose un baiser sur son front, les larmes montent une nouvelle fois mais je commence étrangement à m'habituer. Mon stock de tristesse est loin d'être vidé.

- Fais bien attention à toi surtout, me lance Iris avant de s'éloigner de moi.
- Pareillement.

Je lance un dernier regard à Iris, qui s'apprête à remonter dans la voiture, elle ne peut pas se permettre de rester avec moi trop longtemps, elle doit enchaîner sa nuit de travail après son retour sur l'autoroute. Je suis maintenant, véritablement seul avec moi-même.

Au milieu de l'ébullition de l'aéroport, la panique m'accompagne à chacun de mes pas. Je le sais au fond de moi, que j'ai pris la meilleure des décisions, mais partir loin de chez moi, de mes proches et de mes habitudes me fait peur. Pourtant, il le faut. Je ne peux plus faire marche arrière, je me l'interdis, je dois prendre sur moi pour l'instant car ce voyage en Irlande ne pourra que me faire grandir.

Un peu perdu, je cherche du regard où m'avancer pour déposer ma valise. Les mains tremblantes, je tiens mon billet où toutes les informations y sont notées, mais ma vue est tellement troublée que je n'arrive pas à lire un seul mot.

- Je peux vous aider, monsieur ?

Un homme habillé d'une veste avec le nom de l'aéroport inscrit dessus, me sort de la panique. La gorge nouée, je n'ose m'exprimer. Il se rapproche de moi et pose les yeux sur le papier. Il me fait un signe de la main pour m'indiquer la direction à prendre.

- Merci beaucoup, dis-je avec soulagement.

Je prends une grande inspiration et m'avance vers les files d'attentes pour le dépôt des bagages.

Ma valise disparait complètement derrière le rideau de franges, sur le tapis roulant.
- Bon voyage.
L'hôtesse me redonne mon billet d'avion ainsi que mon passeport, et me lance son plus beau sourire que je lui rends automatiquement. Mes oreilles se mettent d'un coup à bourdonner, c'est bien la première fois que cela m'arrive et il fallait que ça se passe au beau milieu d'un lieu rempli par la foule. Je me mets en mode robot et me contente de suivre les autres tout en essayant de faire abstraction de mon sentiment de malaise. Une fois le point de contrôle passé sans difficulté, je cherche un siège libre non loin de la porte d'embarquement de ma destination. Je sors de mon sac à dos un livre de poche qu'Iris a pioché dans sa bibliothèque pour que je puisse m'occuper pendant les temps d'attente comme celui-ci. Iris m'a transmis son addiction pour la lecture. Depuis quelques jours déjà, je me suis amusé à

me plonger dans ses livres préférés, c'est une distraction de plus pour échapper à la réalité. Après avoir dévoré plusieurs chapitres d'une belle histoire sur la résilience, qu'Iris n'avait pas choisie par hasard, je lève les yeux du livre pour regarder l'heure. Plus que deux minutes avant l'ouverture de la porte d'embarquement. Je range le bouquin dans mon sac, en profite pour sortir mes papiers et rejoins la file d'attente pour monter dans l'avion.

Une fois assis à mon siège, côté hublot, je m'amuse à regarder l'avion se remplir petit à petit. Un couple d'un certain âge occupe les deux autres sièges à côté de moi. Ils me font tous les deux un signe de tête pour me saluer tout en souriant, comme la jeune femme qui s'était occupé de ma valise deux heures avant, cela me donne du baume au cœur de voir autant de bienveillance, avec seulement un sourire. J'avais vraiment oublié, ce que cela pouvait me procurer.

Dans ma tête je me répète en boucle : *je reviendrai plus fort, je reviendrai différent.* Et je veux y croire.

La voix du pilote me sort de mes songes, en annonçant le décollage imminent. Ça y est, le voyage qui va changer ma vie, va commencer. Par le hublot, je peux admirer le rétrécissement du paysage, avant sa totale disparition, caché par les nuages.

Promis, au retour de cette aventure, il y aura un nouveau Matisse.

- **FIN**

Il n'y a pas d'âge, pas de classe sociale pour être manipulé. Rien n'est défini. Tout le monde peut se faire avoir. Les pervers narcissiques rôdent autour de nous, tels des loups à la recherche d'une proie pour se nourrir. Ils les mangent à leur manière, en les épuisant émotionnellement, psychologiquement, socialement et parfois financièrement. Les pervers narcissiques tuent l'intérieur de leurs victimes de façon subtile. L'entourage ne peut pas s'en rendre compte tout de suite. Ils se nourrissent de la faiblesse des autres pour se sentir plus puissants.

Vous ne pourrez jamais les changer. Essayer est une perte de temps et d'énergie. La perversion et la manipulation font partie de leurs gènes.

Notes sur l'hypersensible :

+ *Intensité émotionnelle*
+ *Empathie*
+ *Impression de décalage*
+ *Besoin de solitude pour se ressourcer*
+ *Sujet à la sur-stimulation*
+ *Excellente intuition*
+ *Sensibilité élevée aux détails*
+ *Anxiété*
+ *Rumination en continu*

Notes sur le pervers narcissique :

+ *Individu atteint de trouble de la personnalité narcissique*
+ *Au début, semble sympathique, flamboyant, charmeur, parfois discret*
+ *Avec le temps la relation va progressivement dévoiler son vrai visage et montrer une tout autre nature*
+ *Il cherche à complimenter, à séduire, valoriser, se rendre indispensable à l'autre*
+ *Commence les reproches, les critiques blessantes dans un but conscient ou inconscient de faire mal.*
+ *Déstabilise l'autre*
+ *Eloignement des proches*
+ *Aucune remise en question*
+ *Aucune empathie, ou la simule*

DE LA MÊME AUTEURE :

ET SI TOME 1 - *2016*

ET SI TOME 2 - *2017*

GLORIA - *2018*

CAPTIVE TOME 1 - *2019*

CAPTIVE TOME 2 - *2020*

CAPTIVE TOME 3 - *2020*

C'ÉTAIT ÉCRIT - *2023*

Vous pouvez me retrouver sur Instagram :

@instacarlie

Loi n°49-956 du 16 juillet 1949 sur les publications
destinées à la jeunesse

Édition : BoD · Books on Demand,
31 avenue Saint-Rémy, 57600 Forbach, bod@bod.fr
Impression : Libri Plureos GmbH,
Friedensallee 273, 22763 Hamburg (Allemagne)
Auto - édition
Auteure : © CARLIE
ISBN : 978-2-3225-7268-7
Dépôt légal : Mars 2025